蒙塔巴诺警长探案系列

蒙塔巴诺警长探案系列

蒙塔巴诺警长探案系列

八月炙热

[意] 安德烈亚·卡米莱里　著

张 莉　译

LA VAMPA D'AGOSTO

Andrea Camilleri

新 华 出 版 社

图书在版编目（CIP）数据

八月炙热 / （意）安德烈亚·卡米莱里著；张莉译.
--北京：新华出版社，2017.12（蒙塔巴诺警长探案系列）
ISBN 978-7-5166-3714-2

Ⅰ.①八… Ⅱ.①安… ②张… Ⅲ.①长篇小说-意大利-现代
Ⅳ.①I546.45

中国版本图书馆CIP数据核字（2017）第294544号

著作权合同登记号：01-2016-2579

La Vampa d' Agosto by Andrea Camilleri
Copyright © 2006 by Sellerio Editore, Palermo
Simplified Chinese edition copyright © 2018 by Xinhua Publishing House
All Rights Reserved
本书中文简体字专有出版权属新华出版社

八月炙热

［意］安德烈亚·卡米莱里 著　　张 莉 译

选题策划：黄绪国		责任印制：廖成华	
责任编辑：高映霞		封面设计：李尘工作室	

出版发行：新华出版社
地　　址：北京石景山区京原路8号　　邮　　编：100040
网　　址：http://www.xinhuapub.com
经　　销：新华书店、新华出版社天猫旗舰店、京东旗舰店及各大网店
购书热线：010-63077122　　中国新闻书店购书热线：010-63072012

照　　排：臻美书装
印　　刷：三河市君旺印务有限公司

成品尺寸：130mm×185mm　1/32
印　　张：7.5　　　　　　　字　　数：160千字
版　　次：2018年3月第一版　印　　次：2018年3月第一次印刷

书　　号：ISBN 978-7-5166-3714-2
定　　价：36.00元

1

他睡得很熟，仿佛连开炮声都吵不醒他。不过，可能也用不着大炮，几声电话铃就够了。事实证明，的确如此。

如今，文明社会的人（哈！）在睡梦中听到开炮声时会理所当然地将它当成雷声或者炮仗声，抑或是住在楼上的人搬动家具的声音，之后又会昏昏睡去；而听到电话铃声、手机铃声、门铃声时可就不是这样了，对文明社会的人（哈哈！）来说，它们是召唤的声音，他别无选择，只能立即从熟睡中醒来应答。

蒙塔巴诺不得不从床上爬了起来。他看了一眼时间，然后朝窗外望去。今天肯定非常热，他猜。他走向餐厅，接起了电话。

"萨尔沃，你在干什么呢？我已经给你打了半个小时的电话了！"

"抱歉，利维娅，我刚刚在洗澡，没有听到。"

今天的第一个谎言。

他为什么要那么说呢？因为他不好意思告诉利维娅自己刚刚在睡觉？还是因为他不想告诉利维娅她吵醒了他，免得她尴尬？谁知道呢。

"你去看房子了吗？"

"利维娅！这才八点！"

"对不起，我就是着急知道房子的事怎么样了。"

事情发生在大约两周前。当时，他不得不告诉利维娅，计划有变，他整个八月都要待在维加塔，因为米米·奥杰洛要处理妻子家里的一些琐事，不得不提前开始休假。不过，好在计划的改变并没有像他所担心的那样导致特别严重的后果。利维娅非常喜欢米米·奥杰洛和他的妻子贝巴。虽然她也有些小抱怨，但蒙塔巴诺觉得这事总归有个头。但他错了。大错特错！第二天晚上，利维娅打来电话，提出了一个令人惊讶的要求。

"我想马上在附近找一栋房子，两室一厅，靠近海边。"

"我不明白，我们为什么不能待在马里内拉的家中呢？"

"你蠢啊，萨尔沃，你什么时候能用点儿心？房子是为劳拉一家三口预备的。"

劳拉是利维娅最好的朋友。利维娅的喜怒哀乐都会向她倾吐。

"他们要来这里？"

"嗯，你介意吗？"

"怎么会。我觉得劳拉两口子人都非常好，你知道的。只是……"

"只是什么？"

天哪，只是太烦人了呗！

"我希望我们单独相处的时间能多一些，就我们两个人。"

"哈哈哈哈哈！"

这笑声就像《白雪公主与七个小矮人》里的巫婆的笑声一样。

"什么事情这么好笑？"

"什么事情这么好笑？你知道的，最后肯定就只有我一个人。只有我自己，没有别人！谋杀案发生那一周，你没日没夜地待在局里！"

"好了，利维娅。现在是八月份，这么热的天气，就算是凶手也得等到秋天再行动呢。"

"这是笑话吗？我是不是该笑一笑？"

于是，在"不靠谱"的坎塔雷拉的帮助下，他们开始了漫长的找房之旅。

"长官，我找到您想要的房子了，在皮佐佩恩城外。"

"但是皮佐佩恩离海有近十公里远呢！"

"那倒是，不过，那附近有一个人工湖，凑合一下吧。"

之后的事情是这样的：

"利维娅，我找到一栋非常不错的小公寓，就在……"

"小公寓？我应该已经说得很清楚了，我想要一栋房子！"

"呃，公寓也是房子呀，对不对？不然还能是帐篷吗？"

"不，公寓不是房子。你们西西里人总是分不清，总说公寓是房子。但是，我说我要房子，那就是房子。还用我说得再清楚一点吗？我想让你找的是独栋别墅，独门独户的那种！"

眼前这位维加塔的房产中介不禁大笑了起来。

"什么？七月十六号过来，八月一号入住，还是海景房？早就租出去了！"但是，他们最终还是让他留下了电话号码。如果碰巧有人在最后一刻取消了预定，他们会通知他。就在他不再抱有任何希望的时候，奇迹竟然发生了。

"您好，是蒙塔巴诺警长吗？我是奥罗拉房地产公司的。海边有一处很好的小别墅空下来了，是您要找的那种。别墅位于马里纳蒙泰雷亚莱的皮佐区。您最好尽快过来，因为我们马上要下班了。"

虽然满腹不解，但他还是赶紧冲向房地产公司。从照片来看，那就是利维娅想要的那种房子。于是，他与房地产公司的老板卡雷拉先生约好，第二天上午九点左右去看房。别墅位于蒙泰雷亚莱，与马里内拉相距不到十公里。

蒙塔巴诺清楚地知道，虽然去蒙泰雷亚莱只有十公里的路程，开车去只需要五分钟，但要是赶上路不好走，两个钟头也能砸进去，更别提酷暑当头了。简直太糟糕了！但是没办法，利维娅和劳拉非要这样，自己也没有其他的法子，只能照办。

第二天早晨，蒙塔巴诺一上车，卡雷拉便开始说个不停。他从最近的说起，说这套房子本来租给了一个名叫雅各利诺的人，他是克雷莫纳的一名银行职员，之前已经支付了定金。但就在昨晚，雅各利诺打来电话说他丈母娘发生了意外，所以暂时不能离开克雷莫纳。之后，中介便立刻给蒙塔巴诺打了电话。

接着，卡雷拉先生开始讲述这套房子的历史。他把全部细节都告诉了蒙塔巴诺，包括建造的缘起和过程。一位名叫奥杰洛·斯佩恰莱的七十来岁老人，出生在蒙泰雷亚莱，后来移民到了德国，一直在德国工作。大约六年前，他决定为自己建造一栋房子。最终，他和他的德国妻子选择回到家乡，盖了这栋房子。他的妻子名叫古德龙，原本是个寡妇，还带着一个二十一岁的儿子，名叫拉尔夫。

明白了吗？明白了。之后呢，奥杰洛·斯佩恰莱和继子拉尔夫一起来到蒙泰雷亚莱，花了大约一个月的时间寻找合适的位置。最后，他们终于找到了合适的位置。买下这块地皮之后，他去见了开发商斯皮特雷利先生，让他帮忙策划房屋的建造工作。等了大约一年的时间，房子终于完工了。在这期间，拉尔夫一直和他待在一起。

然后，他们回到了德国，打算将所有的家具和其他东西全部运到蒙泰雷亚莱。但是，期间发生了一件很奇怪的事情。因为奥杰洛·斯佩恰莱不喜欢坐飞机，所以他们坐的火车。到科隆车站的时候，斯佩恰莱先生发现继子不见了，他本来一直睡在上铺。拉尔夫的行李箱还在包厢里，人却没了踪影。值夜班的乘务员说没有看见任何人在前面任何一站下车。总之，拉尔夫人间蒸发了。

"找到他了吗？"

"警长先生，您信吗？他们再也没有找到他。从那以后，没有人再听说过那个孩子的消息！"

"斯佩恰莱先生在这栋房子里住过吗？"

"关键就在这儿！他从来没在这栋房子里住过！可怜的斯佩恰莱先生，继子失踪之后还不到一个月，他就从楼梯上摔了下来，头部摔伤，不幸身亡！"

"那二婚的古德龙太太呢？她来这里住过吗？"

"没有了丈夫和儿子，她还来这里干什么呢？可怜啊。三年前，她给我们打电话，告诉我们她要把房子租出去。从那以后，这房子一直外租，但是只在夏天出租。"

"为什么不全年出租呢？"

"这房子太偏了，警长先生。您可以自己看看。"

房子的位置确实很偏僻。要想到这里，需要下省道，转到一条杂草丛生的山路上。那里只有一栋乡村小屋，还有一个连乡村小屋都算不上的窝棚，再就是它了。那里根本没有树木和植被，烈日毫无遮蔽地灼烧着大地。它坐落在一片很大的山丘顶部，到达房子所在之处后，视野开阔，景色宜人，令人兴奋不已。向下俯瞰是一片金色的沙滩，沙滩向两侧延伸，上面零星点缀着几把遮阳伞；向前方望去是广阔而清澈的大海。房子只有一层，内有两间卧室，主卧有一张双人床，次卧是一张单人床。客厅十分宽敞，透过窗户便能看到碧海蓝天。厨房相当大，冰箱也很大。连卫生间都有两个。阳台非常棒，十分适合室外晚餐。

"我很喜欢它，多少钱？"警长问道。

"是这样的，警长先生，我们出租房屋通常不会只出租两个星期，但因为是您……"

他说出的数字像是当头一棒，但蒙塔巴诺并没有什么感觉。毕竟，劳拉不差钱，她还在资助意大利南部的穷人呢。

"我喜欢这儿。"他重复道。

"当然了，还会有一些额外的项目。"

"统统不要。"蒙塔巴诺可不想被耍。

"那好吧，好吧。"

"怎么去沙滩呢？"

"这样，你们可以穿过阳台上的小门，大约走上十米，有一个小小的石头阶梯，从那里可以去沙滩，也就五十级台阶吧。"

"能给我半个小时的时间吗？"

卡雷拉有点儿困惑。"您用半个小时……"

从他看见那片海开始，他就想去潜水。那片海吸引着他，他想好好游个泳。于是，他穿着泳裤下海了。

回来的时候，他的身上已经干了。往回走的过程中，太阳早就晒干了他的身子。

※

八月一号早晨，蒙塔巴诺去巴勒莫机场接利维娅、劳拉和她三岁的儿子布鲁诺。劳拉的丈夫圭多随后会单独坐火车越过海峡过来，带着一辆汽车和行李。布鲁诺活泼好动，坐着两分钟不动就是他的极限了。劳拉和圭多有些担心，因为这个孩子至今还不会说话，只会用手势比画。他不像同龄人那样喜欢乱写乱画，搞破坏倒是一把好手。

他们来到了马里内拉，蒙塔巴诺家的保姆阿德莉娜已经为大家准备好了午餐。不过，他们到家的时候，阿德莉娜已经离开了。蒙塔巴诺知道，利维娅在马里内拉这半个月的时间里，他不会再看到阿德莉娜了，因为利维娅和阿德莉娜很讨厌彼此。

圭多在下午一点左右才姗姗来迟。他们吃过午饭后便启程前往租好的别墅，蒙塔巴诺开车载着利维娅在前面带路，圭多开车载着他的家人跟在后面。劳拉看到房子之后，兴奋地拥吻了蒙塔巴诺。布鲁诺也很兴奋，做着手势示意想要投入这位警长的怀抱。只是，当蒙塔巴诺将他举过头顶时，这孩子却把糖吐到了蒙塔巴诺的眼睛上。

他们一致认为，明天早上，利维娅可以开着蒙塔巴诺的车来看劳拉，而蒙塔巴诺可以坐警车去上班，那样的话，利维娅可以在这里待上一整天。警长晚上下了班，可以让人开车载他到皮佐，见面后大家再决定去哪里吃饭。

这在警长看来是个完美的方案，因为这样一来，他就可以在恩佐的餐厅尽情享受一个人的午餐了。

※

第三天早上，这栋位于皮佐区海边的房子就出现问题了。利维娅去看劳拉的时候发现房子里完全乱了套：衣服都被从衣橱里扯了出来，堆在阳台的椅子上；床垫被推到了卧室的窗户跟前；厨房里的餐具散落在门口的停车区。布鲁诺光着膀子，手里拿着橡胶软管，正在朝衣服、床垫和床单喷水。看到利维娅后，他将水喷向利维娅，但利维娅躲开了。劳拉躺在紧挨阳台墙面的躺椅上，一块湿毛巾敷在额头上。

"到底发生什么事了？"

"你进过房间吗？"

"没有。"

"从阳台往里看看，但是小心点儿，别进去。"

利维娅穿过阳台的小门，向客厅望去。

首先引起她注意的是地板，几乎都黑了。然后，她发现地板似乎在动——朝着四面八方移动，除此之外，并没有其他异常。不过，她已经知道到底出了什么状况了。她尖叫着跑出阳台。

"是蟑螂！成千上万只蟑螂！"

"今天凌晨，天快亮的时候，"劳拉吃力地说道，"我起床喝水，然后就看见了它们。但当时还没有那么多……所以，我叫醒了圭多，试图赶走蟑螂，但我们很快便放弃了。客厅的地板居然裂开了，它们全都出来了……"

"圭多现在在哪儿呢？"

"他去蒙泰雷亚莱了。他给市长打电话了，市长人很好。圭多随时可能回来。"

"他为什么不给萨尔沃打电话？"

"他说他不能因为一些蟑螂就给警局打电话。"

大约十五分钟以后，圭多回来了，后面还跟着一辆车。市长派来了四名灭虫人员，带着毒罐和扫帚。

利维娅将劳拉和布鲁诺带回马里内拉，而圭多则留下来负责消灭蟑螂，打扫卫生。下午四点左右，他也到了马里内拉。

"它们直接从地板的裂缝中钻出来了，我们喷了整整两桶灭虫剂才消灭了它们。"

"不会再有裂缝了，对吗？"劳拉满腹怀疑地问道。

"不要担心，我们仔细检查了四周，这种事情不会再发生了，我们可以安心回家了。"圭多安慰道。

"它们怎么就都出来了呢？"利维娅插了一句。

"一个灭虫员解释说，这房子到了晚上可能会发生不易察觉的移动，导致地板裂开。然后，生活在地下的蟑螂就出现了。可能它们闻到了食物的味道，也可能是因为我们的出现，这很难说。"

第五天，第二波入侵来袭。这次不是蟑螂，而是小老鼠。那天早上，劳拉刚起床就看见十来只小老鼠，个头非常小，甚至有点儿萌。不过，劳拉一动，它们便快速穿过落地玻璃门，窜进了阳台。她在厨房里还发现了两只，正在啃面包屑。与大部分女人不同，劳拉并不是特别害怕老鼠。圭多又给市长打了电话，然后开车去了蒙泰雷亚莱，回来的时候带着两个灭鼠器、二两干酪和一只红色的猫。红猫很兴奋，也很有耐心，应该说特别有耐心，因为它从不主动发起攻击，直到小布鲁诺突然想要挖出它的眼睛时，它才有点儿要反击的意思。

"怎么会这样呢？第一次是蟑螂从地板缝隙里爬出来，现在又是老鼠。"上床后，利维娅问蒙塔巴诺。

利维娅光着身子躺在蒙塔巴诺身边，他这会儿可不想讨论啮齿类动物。

"唉，这房子都一年没住过人了……"他敷衍道。

"劳拉一家搬进去之前应该先打扫一下房间，消消毒什么的。"利维娅说道。

"我已经做过了。"蒙塔巴诺说。

"做过什么？"利维娅有些疑惑地问道。

"彻底清洗。"

他亲吻了她。

※

第八天，又来了第三波入侵。这次还是最先起床的劳拉发现的。

她用余光瞥到一个东西，之后就直接跳了起来，她都不知道自己是怎么蹿到厨房的桌子上面的。她站在那里，双眼紧闭，直到觉得安全了才慢慢地睁开眼睛。她出了一身冷汗，颤抖着看向地板。

原来是三十来只蜘蛛在悠闲地散步，仿佛在游行一般。其中一只矮小多毛；一只大如螃蟹；一只腿细长而结实，头圆如球；还有一只仿若黑寡妇。

劳拉不怕蟑螂，也不怕老鼠。但是，当她看到蜘蛛的时候，整个人都吓蒙了。因为她有蜘蛛恐惧症。

她浑身的汗毛都竖了起来，发出一声刺耳的尖叫声后便昏了过去，整个人从桌子上摔了下来，跌到了地板上。她的脑袋当时就破了，血流满地。

听到声响，圭多赶紧下床，冲向厨房。但是，他没有注意到，鲁杰罗（这是猫的名字）——被劳拉的叫喊声和摔到地上的声音吓到了——也正从厨房迅速地往外跑。

结果，圭多猛地摔倒在地，脑袋重重地撞到了冰箱上。

利维娅像往常一样按时来到这里，打算和朋友们一起去游泳。走进房间时，她突然觉得自己仿佛来到了一家战地医院。

劳拉和圭多的头上都绑着绷带。布鲁诺的脚也被包扎着，因为他起床的时候，头碰到了床头柜上的玻璃水杯，水杯碎了一地，然后他又从玻璃碎片上走过去了。最让利维娅困惑不解的是，连鲁杰罗走路的时候都有点儿瘸——之前和圭多撞到了一起。

市长再次派出了专业灭虫队，因为这些事，他们都成了熟人了。圭多在一旁看着灭虫人员工作，而劳拉的情绪看起来很低落，她压低声音说："这栋房子不怎么喜欢我们啊。"

"好了好了，房子就是房子，哪有什么喜欢不喜欢的。"

"听我说，这房子真的不喜欢我们。"

"好了，别闹了。"

"这房子被诅咒了！"劳拉继续说道，她的眼睛发亮，好像发烧了一样。

"好了，劳拉，不要犯傻。我知道你很紧张，但是……"

"你知道吗，我开始重新看待之前看过的恐怖片了，鬼屋啊，地狱幽灵什么的。"

"但是那些都是假的！"

"我发誓我说的是对的，不信你等着看。"

※

第九天早上，大雨。利维娅和劳拉去蒙特鲁萨博物馆参观，圭多被市长邀请去参观一个盐矿场，还带上了布鲁诺。那天晚上，雨下得更大了。

※

第十天早上，依然大雨滂沱。劳拉给利维娅打电话说她和圭多要带布鲁诺去医院，因为布鲁诺脚上的伤口开始流脓了。利维娅决定趁这段时间收拾一下萨尔沃的房子。那天后半夜，雨稍微小了点儿，大家都觉得第二天会是酷热的晴天，去海边再完美不过了。

2

事实证明，他们猜对了。海面又恢复了往常的颜色，不再是灰蒙蒙的。沙子还是湿的，呈浅棕色，经过太阳两个小时的照射，沙子又变回了金色。海水或许还有些凉，但在这个气温下，早上七点的时候就开始回暖，到了中午一定会非常暖和。利维娅非常喜欢这样的天气，而蒙塔巴诺却难以忍受，因为这让他觉得自己好像在一个热水池里做水疗。从水里出来之后，他觉得浑身一点儿力气都没有。

利维娅在九点半的时候到达皮佐，她庆幸终于可以度过一个正常的上午了——没有蟑螂，没有老鼠，没有蜘蛛，也没有蝎子或者蛇之类的不速之客。劳拉、圭多和布鲁诺打算去沙滩玩。

他们正要走出阳台上的小门，屋里的电话响了。圭多是一家桥梁建筑公司的工程师，在过去的两天中，他接到的电话都是关于同一个问题的。他无奈地对大家说："你们先去吧。我很快就过去找你们。"然后便回到房间接电话去了。

"我想去趟洗手间。"劳拉对利维娅说。

劳拉也回到了房间。利维娅跟在她后面。不知道为什么，小便的感觉似乎会传染，只要人群里的一个人想小便，每个人都会想去。所以，她去了另一个洗手间。

大家各自忙完之后在阳台上汇合了。他们出去后，圭多锁上了落地玻璃窗，关上小门，带着遮阳伞准备奔向海滩。他是男人，遮阳伞理应由他来背。他们朝着小石阶走去，那小石阶一直通向沙滩。下海前，劳拉看了看四周说："布鲁诺呢？"

"或许他自己下海了吧。"利维娅说。

"我的天呐，布鲁诺可不能自己下海！我必须牵着他的手！"劳拉说道，她看起来有些担心。

他们俯身向台阶下望去，看到小石阶前有二十几步的脚印，但却没有看到布鲁诺。

"他不可能再往前走了。"圭多说。

"下海去看看，上帝保佑！他或许已经落水了！"劳拉说道。她已经焦虑起来了。

圭多冲下石阶，劳拉和利维娅看着他在转弯处消失。不到五分钟，他又出现在转弯处。"我察看了所有的地方，并没有发现他，回去看看房子里有没有，也许我们把他锁在房间里了。"圭多气喘吁吁地喊道。

"不会吧！你拿着钥匙呢，去看看吧！"劳拉说。

圭多本来不想再往上爬石阶了，可现在也没办法。上去以后，他骂骂咧咧地打开了门和落地窗。大家一起喊道："布鲁诺！布鲁诺！"

"这孩子能藏在床下一天不动，把我们折腾得够呛。"圭多说。他开始失去耐心了。

他们找遍了整栋房子，包括床底下、衣柜里、衣柜上、衣柜底下和清洁间，但是并没有发现布鲁诺的踪影。突然，利维娅说："鲁杰罗怎么也不见了？"

确实，这只猫非常喜欢在人身边转悠。圭多再清楚不过了。但是现在，猫也不见了。

"我们叫它的时候，它通常都会过来，或者至少会叫一声。多喊喊它吧。"圭多建议道。

这想法很符合逻辑。由于孩子还不会说话，在某种程度上，唯一能做出回应的就是这只猫。

"鲁杰罗！鲁杰罗！"

没有听到猫的叫声。

"所以，布鲁诺一定在外面。"劳拉猜测。

他们都出去围着房子找，还去了停着的车里，但却没有任何发现。

"布鲁诺！鲁杰罗！布鲁诺！鲁杰罗！"

"或许他沿着小路出去了，那边通向主路。"利维娅说道。

劳拉很快回应道："如果他走那么远……我的天呐，路上的车可多了！"

圭多开着车，在那条通向主路的小泥路上缓慢前进，不时地左看看，右看看。他开到小路尽头，向四周看了看，发现小屋前有一位五十来岁的农民。农民穿着朴素，头上戴着一顶破旧的贝雷帽，专心地盯着地面，看着像是在数蚂蚁。

圭多停下车来，脑袋伸出车窗。

"打扰一下……"

"啊？"这个人抬起头，揉着眼睛，好像刚睡醒的样子。

"您有没有看见一个小男孩从这里路过？"

"谁？"

"一个三岁的小男孩。"

"为什么？"

这是什么问题？圭多心里暗想。此时的他十分着急，神经极度紧张。但是，他还是耐着性子回答道："因为我们找不到他了。"

"哦！不！"这个五十多岁的男人突然变得很紧张，转身朝屋子走去。

圭多叫住他。"'哦！不！'是什么意思？"

"'哦！不！'就是'哦！不！'的意思。我从没见过那个小孩，也不知道他的任何事。我也不想知道关于这件事的任何信息。"他坚定地说道，然后走进屋子，关上了门。

"喂，你别走！喂，你！"圭多生气地说道，"怎么能这么说话！讲不讲礼貌了？"

他被气坏了，为了宣泄一番，他从车上下来过去敲门，甚至开始踢门。但是毫无作用，门还是紧关着。他骂了两句，然后上车离开了。圭多又经过了另外一栋房子，这栋房子看起来要好点儿。但是里面看起来是空的，于是他便回家了。

"没找到吗？"

"没有。"

劳拉抱着利维娅哭了起来。"看见了吗？我告诉过你，这房子被诅咒了。"

"冷静点儿，劳拉，上帝保佑！"她的丈夫喊道。

这只是让劳拉哭得更厉害了。

"我们该怎么办呢？"利维娅问。

圭多暗下决定。"我给市长埃米利奥打电话。"

"为什么给他打呢？"

"我让他派出特警队或者巡警。人越多越好，你觉得呢？"

"等等，我们给萨尔沃打电话会不会更好一些？"

"也是。"

※

二十分钟后，萨尔沃坐着加洛开的警车赶来了。加洛开车很快，仿佛总以为自己是在蒙扎高速路上。

警长下了车。他看起来有些憔悴，脸色惨白，一副痛苦的表情。不过，他坐加洛的车之后一贯都是这个样子。

利维娅、圭多和劳拉你一句我一句地把事情经过跟他讲了。蒙塔巴诺集中注意力听着，最终也只听懂了其中一小部分。不过，好在他已经抓住了主要信息。之后他们便不再说话，等着他的回答，就像朝圣者要从露德圣母教堂寻求恩赐一样——蒙塔巴诺的回答向来一锤定音。

"我能先喝点儿水吗？"这是他给焦急等待着的人们的回复。

他得想办法让自己打起精神来，也许是因为天气太过酷热，也许是想从加洛高超的驾驶技术中醒醒神。圭多去拿水，两个女人失望地看着警长。

"你觉得布鲁诺可能在哪儿？"利维娅问蒙塔巴诺。

"我怎么会知道呢，利维娅。我又不是魔术师！现在主要看我们能做些什么。但是两位女士，请保持冷静，你们的情绪会影响到我。"

圭多把水杯递给他，蒙塔巴诺喝完了杯里的水。"我们为什么要在外面晒着呢，你们能告诉我吗？"他问道，"等着中暑？我们进去吧。加洛，你也过来。"

加洛下了车，他们都乖乖地跟着蒙塔巴诺走进了房间。

不知道为什么，他们刚走进客厅，劳拉就变得神经质起来。她先是发出一声尖叫，那声音听起来就像消防车的鸣笛声，然后又情不自禁地啜泣起来。

"他被绑架了！"

"冷静一点儿，劳拉。"圭多说道，试图唤回劳拉的理智。

"但是，谁会绑架他呢？"利维娅问道。

"我怎么知道？吉普赛人？阿尔巴尼亚人？贝都因人？我觉得我可怜的孩子被绑架了！"

蒙塔巴诺有个想法，如果真的有人绑架了布鲁诺这样的破坏王，那他最后一定会把他送回来。不过，他并没有说出来，而是问劳拉："那你想想，他们为什么也绑架了鲁杰罗？"

加洛猛地从椅子上站起来。在此之前，他只知道有个孩子失踪了，这是蒙塔巴诺告诉他的；但是，到达目的地之后，他一直待在车里，所以并没有听到他们讲的其他事情。而现在，他突然意识到，被绑架的还有鲁杰罗。他很疑惑地看着自己的上司。

"不要担心，鲁杰罗就是一只猫。"

谈谈猫咪真是有奇效，劳拉看起来好像冷静一点儿了。蒙塔巴诺正准备说他们要怎么做，利维娅突然瞪着眼睛，平静地说道："我的天，我的天呐……"

他们全都看向利维娅，然后朝着她看的方向看去。

在客厅的走廊里，鲁杰罗蹲坐在那里，十分惬意地舔着自己的身体。

劳拉又发出鸣笛似的叫声，又开始呼喊尖叫。"你们看到了吗？这是真的！猫在那里呢，但是布鲁诺没有！他被绑架了！他被绑架了！"

然后她便昏了过去。

圭多和蒙塔巴诺把她扶起来，抬进卧室，放到床上。利维娅赶紧将冷毛巾敷在劳拉的额头上，还拿了瓶醋在她面前让她闻。但不管怎么做都无济于事，劳拉还是没有醒过来。

她脸色苍白，嘴巴紧闭，浑身都是汗。

"带她到蒙泰雷亚莱看医生吧。"蒙塔巴诺对圭多说，"利维娅，你跟着他们。"

劳拉躺在后座上，头枕在利维娅的腿上。圭多开车速度很快，飞驰而去，连加洛都看呆了。警长和加洛重新回到客厅。

"现在，他们管不着我们了。咱们来干点儿正事吧。第一件事就是要穿上泳衣。不然，这么热的天气，我们的思路永远不会清晰。"

"长官，我没带泳衣。"

"我也没有，但是圭多有三四套。"

他们找到泳衣穿上了。幸亏泳衣有弹性，否则警长还得穿上背带，而加洛则要被指控不雅裸露了。

"咱们这么干。穿过小门，大约十米的距离外有一个小石阶，直通沙滩。根据他们描述的情况来看，这是唯一可能的地方。但是，我觉得他们并没有仔细找。我想让你沿着这条路一直走到头，每走一步都仔细看看周围。孩子可能摔下去了，卡在石头缝里。"

"长官，那您要做什么呢？"

"我要和猫玩会儿。"

加洛呆呆地看了他一会儿，然后出去了。

"鲁杰罗！"警长叫道，"好猫猫！鲁杰罗！"

这只猫在地上打滚，伸着爪子，蒙塔巴诺挠着它的肚子。

"喵……"鲁杰罗叫道。

"你说什么？要我去看看冰箱？"警长问猫咪，然后朝厨房走去。

鲁杰罗好像同意他的说法，在后面跟着他。蒙塔巴诺打开冰箱，拿出两条新鲜的凤尾鱼。鲁杰罗抱住他的腿，轻轻地蹭着自己的脑袋。

警长拿来一张纸铺在地板上，然后把凤尾鱼放在上面。等猫吃完，他走到了阳台上。如他所料，鲁杰罗仍然跟在他后面。他朝石阶走去，恰巧看到了加洛的脑袋。

"肯定没有，长官。我发誓，这个孩子没有顺着石阶走。"

"所以，在你看来，他不可能走到海滩独自下海了？"

"长官，如果我没弄错的话，这个孩子才三岁，连跑都不利索。"

"所以，你应该好好搜搜这附近的区域，因为没有其他的可能了。"

"长官，您说我们给警局打个电话，让他们派人支援怎么样？"

加洛的汗滴到了脚上。

"再等一会儿。趁现在，你凉快会儿吧。房子前面有个水管。"

"您头上也得找个东西遮一下。等一下。"加洛走进阳台，那里有许多沙滩上遮阳的东西，他拿着利维娅的帽子出来了。帽子是粉色的，上面还有花朵的图案。"来，戴上。没什么的，这里又没有别人。"

加洛走开了，蒙塔巴诺突然发现鲁杰罗并没有跟在他身后。他回到厨房，唤着鲁杰罗的名字，但并没有任何回应。

猫不见了，它没在那里舔放着凤尾鱼的盘子，它去哪儿了？

从劳拉和圭多告诉他的信息来看，他知道，这只猫和那孩子形影不离。其实，布鲁诺一直想让猫和他一起睡，但是家人不允许，他为此还哭闹过。

这就是为什么蒙塔巴诺要和鲁杰罗做朋友，他感觉这只猫知道孩子在哪儿。现在，他站在厨房，而这只猫又消失了。他突然想到，猫一定是回去看布鲁诺了，它去陪伴他了。

"加洛！"

加洛马上冲过来，弄得满地板都是水。"长官，什么事？"

"听着，挨个房间看看猫在不在。确定一间房间里没有猫的话，立刻关上那间房间的门窗，每一间都这样。我们必须先确定这只猫没在房子里，而且我们要阻止它再次回到房子里。"

加洛看起来十分困惑。他们不是要找失踪的孩子吗？为什么警长如此痴迷于这只猫呢？"不好意思，长官，这只猫跟这件事到底有什么关系呢？"

"照我说的做，只开前门。"

加洛开始仔细地搜查，蒙塔巴诺则穿过小门，走向通往沙滩的石阶边缘。他四处看了看，然后又看了看房子。蒙塔巴诺认真地观察了很久，直到他确认自己没看错。虽然很微小，但这个房子确实向左倾斜了几毫米。这应该就是几天前地面轻微移动的结果，最终还导致客厅的地板开裂，然后出现了许多蟑螂、老鼠和蜘蛛。

他走回阳台，抓起了放在躺椅上给布鲁诺玩耍的球，扔到地板上。这个球慢慢地滚向了左边的墙。

他的猜测得到了证实。或许这就可以说通了，当然，也可能根本没什么用。

他穿过小门，走出了很远的一段距离，然后开始观察房子的右侧。这面墙上的所有窗户都关着，这意味着加洛已经完成了他布置的任务。蒙塔巴诺没有发现异常。

然后，他朝房子的后面走去，来到了入口和停车区。前门开着，是他让加洛打开的，也没有异常。

他继续走，直到他能很清楚地看到房子的另一边，也就是房子稍微倾斜的那一边。这边几乎看不出倾斜来。这一侧墙上有两扇窗户，其中一扇紧闭着，而另一扇还开着。

"加洛！"

加洛探出头来。

"发现什么了吗？"

"这间屋子是小浴室，我看完了，猫不在这里，现在只剩下客厅了。我可以关上这扇窗户了吗？"

加洛关窗户的时候，蒙塔巴诺发现窗户上面的排水槽坏了，留出了很大一个缝隙，至少能容得下三根手指头。这肯定是年久未修的老问题。

下雨的时候，雨水会从这里进入。通向阳台另一边的排水槽不好使，为了防止在地面上形成一个大水坑，惹得湿气破坏墙体，有人在下面放了一个大金属桶，一个原本用来盛沥青的大桶。

蒙塔巴诺注意到，这个桶被挪动过，因为它不在缝隙的正下方，离那堵墙至少有一米的距离。

蒙塔巴诺推断，如果雨水没有直接流到金属桶内，那这里应该会形成一个很大的水坑或者一个小水洼，因为前两天的雨下得很大。但是现在，这里什么都没有。这该作何解释呢？

他有种触电的感觉，电流涌向脊柱。这种感觉通常都是在他想通了什么问题时才会发生的。他走向那个桶。事实上，桶里确实是有些水的，但并不像它本该有的那么多，而且应该是直接落下来的雨水。

那一刻，他意识到，这两天一夜，排水槽流下来的水已经在墙根处形成了一个真正的水坑。

不过，关于大桶为什么正好挡住了水坑，这点还很难说清楚。

这个坑周长约一米。最可能的情况是，覆盖着地下水坑的地表很容易裂开，雨水从上面掉落下来，然后就变成了这样。

蒙塔巴诺摘掉利维娅的帽子，趴到地面上，头几乎要钻到水坑里了。他把胳膊伸进洞口，却没能触碰到底部。后来他发现，深坑不是竖直的，而是稍稍横向倾斜的。

他很确定是这样的。不过，他不确定孩子是不是掉进去出不来了。

他站起来，大步走向厨房，打开冰箱，拿了整盘的凤尾鱼，然后回到深坑处。他蹲下来，把凤尾鱼一条一条地摆在坑口。

这个时候，加洛到了。他发现警长将利维娅的帽子放在背后，人坐在地上，胸口和胳膊上满是沙子，正一动不动地盯着深坑出口处的凤尾鱼。

加洛感到很疑惑，深深怀疑警长是不是疯掉了。他该怎么做呢？迎合他？像对待疯子一样，让他保持镇静？

"这个洞真好玩，洞口还有凤尾鱼。"他报以崇拜的微笑，仿佛在盯着一件现代艺术品。

蒙塔巴诺煞有介事地做了个手势，告诉他别说话。加洛立马保持沉默，因为他担心警长在疯狂状态下会变得很暴躁。

3

五分钟过去了，他们两个都在那儿静静地坐着。加洛看得十分入迷，一直盯着被凤尾鱼围住的深坑。他已经被蒙塔巴诺的认真劲儿深深感染了。

他们目不转睛地看着，好像视觉是他们唯一的感官，好像忽略了其他所有事物，听不到大海的声音，也闻不到阳台附近的茉莉花香。

安静过后，鲁杰罗的头从出口处探了出来。它看着蒙塔巴诺，"喵"了一声表示感谢，然后开始吃鱼。

"原来如此！"加洛喊道，他终于理解了。

"我愿意赌上我的全部家当，"蒙塔巴诺说着站了起来，"那个孩子就在下面。"

"我们去找一把铁铲！"加洛说。

"不要蠢了。这地面很松软，你那么搞的话，用不了一分钟，洞口就会被堵死。"

"那我们该怎么做？"

"站在这里，看看猫怎么做。我去给法齐奥打电话，让他开车过来。"

※

"法齐奥？"

"长官，有什么吩咐？"

"听着，我和加洛在蒙泰雷亚莱码头的皮佐区。"

"我知道那儿。"

"这里有个孩子，是我朋友的儿子，我认为他掉进深坑里出不来了。"

"我马上过去。"

"不，还是给蒙特鲁萨的消防员打电话吧，这是他们的事。告诉他们，地面非常松软，让他们带着工具撑墙挖地。最重要的是，动静不要太大。我不想让媒体知道，免得再发生沃米希诺那样的悲剧。"

"我也跟着过去吗？"

"不用了，不需要你。"

他走进房间，用客厅的座机给利维娅打电话。"劳拉怎么样了？"

"她睡着了。他们给她注射了一针镇静剂。我们刚上车。布鲁诺怎么样了？"

"我觉得我已经知道他在哪儿了。"

"天呐，这是什么意思？"

"就是说，他掉进深坑里出不来了。"

"那……他还活着吗？"

"我不知道。希望如此。消防员马上就到。劳拉出院后，带她到马里内拉。我不想让她来这里。如果圭多想来，就让他来吧。"

"我知道了，保持联系。"

※

他回到洞口，加洛还在那里守着。

"这只猫做了什么？"

"它吃掉了所有的凤尾鱼，然后进屋了。您没看到它？"

"没有，它肯定是去厨房喝水了。"

不久前，蒙塔巴诺发现自己的听力大不如以前了。倒也没什么大事，只是他的听力和视力一样，已经开始衰退了。以前，他的耳朵很灵敏，甚至都能听到小草生长的声音。岁月无情啊！"你听力怎么样？"他问加洛。

"长官，我耳朵很灵敏。"

"试试看，你能听到什么吗？"

加洛趴下，耳朵贴着地面。

"我好像听到些声音。"

他把手扣在耳朵旁，深吸了一口气，然后又把耳朵贴在地面上听。不到一分钟，他举起手，看着蒙塔巴诺，脸上浮现出满意的表情。

"我听到他哭了，我确定。他掉下去的时候可能受伤了，但听起来，声音真的很远。这个坑到底有多深啊？"

"不管他有没有受伤，至少我们知道他还活着。这就是好消息。"

这个时候，鲁杰罗出现了。它叫了一声，然后敏捷地钻进坑里不见了。

"它去陪他了。"警长说。

加洛刚想起身，蒙塔巴诺又把他按到地上。"稍等。"他说，"试试看，你还能听到孩子的哭声吗？"

加洛照做了，他听了很久，然后说："听不到了。"

"看见没有，鲁杰罗在安抚他。"

"我们现在该怎么做？"

"现在，我要去厨房拿瓶啤酒，你要吗？"

"我想喝点儿橙汁，我看冰箱里有。"

他们感觉很有成就感，但要想将孩子救出来还是有些困难的。

※

蒙塔巴诺慢慢地喝着啤酒，然后给利维娅打电话。

"他还活着。"

他跟她讲述了事情的来龙去脉。讲完之后，利维娅问道："我要告诉劳拉吗？"

"呃，我觉得救孩子上来并非易事，再说了，消防员也还没到呢。你最好先别告诉她。圭多和你在一起吗？"

"没有，他先把我们送回了马里内拉，现在正往你那边赶呢。"

※

不难看出，这个六人消防分队的队长业务很熟练。蒙塔巴诺向他讲述了自己推断出的事情经过，还跟他说了几天前地面发生的变化以及房子稍有倾斜的事实。队长拿出水准仪和铅垂线检测了一下，说："没错，房子确实是斜的。"

然后他就开始工作了。首先，他拿一根硬棍敲着地面，绕房子走了一圈，然后看了看房子里面，之后检查了客厅地板的裂缝——蟑螂就是从那里钻出来的。然后出来。他将一种软尺伸进了坑中，松了一圈又一圈，放了很长。他想知道这个坑有多深。

"差不多从洗手间的窗户到卧室窗户的地面都下沉了，大约下沉了六米深。"测量之后，他说道。

"你说这边的地面都下沉了？"圭多问道。

"是的。"队长回答道，"而且，下面的路线很奇怪。"

"为什么？"蒙塔巴诺问道。

"如果下沉是由雨水引起的，那就是说，地下有什么东西能接住雨水，那样的话，雨水才不会流得到处都是，而是会及时蒸发掉。这些水肯定是遇到了固体障碍物，所以才会沿着斜面流。"

"你能处理吗？"

"我们要特别谨慎，因为这边的土质和其他地方不同，即使最轻的东西都可能导致塌陷。"队长回答道。

"'和其他地方不同'是什么意思？"蒙塔巴诺问道。

"跟我来。"队长说。

蒙塔巴诺和加洛跟着他往远处走了十来步。

"看看这边土地的颜色，再看看十米外土地的颜色，是不是有什么不同？这边土的颜色很正常，但是那边的土颜色要浅一些，有些发黄，是沙质的。这是精心选择的。"

"他们为什么要这么做？"

"不知道，或许是为了让房子看起来与众不同，更优雅。呃，不管怎样，我们有挖掘机。"队长说。

在挖掘机开动前，队长想清除一下下沉地面的部分沙土。于是，三个消防员开始用手工铲挖这边的沙土，然后用推车将沙土运走，堆到十米之外。

他们运走了大约三十厘米厚的沙土，然后发现了惊人的东西。下面本该是地基，但下面却有第二层墙，用泥灰涂得厚厚的。而且，为了防止泥灰被湿气侵蚀，泥灰外层还铺了一层地板来保护墙面。

总之，这房子好像还有地下的部分，而且包裹得很严实。

"所有人都到小浴室的窗户这边挖。"队长说。

另一扇窗户的上半部分慢慢出现了，和上面的窗户正好对齐。这扇窗户没有外框，只是矩形的孔径盖着两层塑料纸。

"这下面还有一套房子！"圭多惊讶地说。

此时，蒙塔巴诺茅塞顿开。"不要再挖了！"他命令道。

所有人都停了下来，用疑惑的眼光看着他。

"有人带手电筒了吗？"他问道。

"我去拿一个。"一个消防员说。

"撕开窗户上的塑料纸。"警长命令道。

两个铲子就解决了问题。消防员拿来手电筒。

"你们在这儿等着。"蒙塔巴诺跨坐在窗户上说道。

因为进入窗户的光足够照明，所以他不再需要手电筒了。

他发现自己身处在一个小卫生间，和楼上的一模一样。而且，这是一个完整的卫生间，地板和墙上都有纹饰，里面有一个浴缸，还有盥洗池和马桶。

他环视四周，心里思考着这意味着什么。突然，有东西碰到了他的腿，他被吓得直接跳了起来。

"喵。"鲁杰罗发出叫声。

"很高兴再见到你。"警长说。

他打开手电筒，跟着猫进入了隔壁的房间。

这里，水和泥土的重力已经冲开了玻璃上的塑料，所以，整个房间一片汪洋。

布鲁诺站在角落里，双眼紧闭。他的额头受伤了，浑身颤抖着，好像发烧了。

"布鲁诺，是我，萨尔沃叔叔。"警长轻声说道。

小男孩睁开眼睛，发现了蒙塔巴诺，立刻冲入他的怀抱。警长安慰着他，布鲁诺哭了起来。

这时，在外面等不及了的圭多冲进了房间。

※

"利维娅？布鲁诺一切都好。"

"他受伤了吗？"

"额头受伤了，但是不严重，别着急。圭多已经带他去马里内拉的急诊室了。你现在可以把这件事告诉劳拉了，如果她没什么大碍了，你就带她去那边看看吧。我在这边等你们。"

※

消防队长从警长进入地下房间的那扇窗户爬了出来。他看起来有些疑惑。"下面有一整套房间，和楼上的一样。阳台上甚至还有扶手！你们只需要把内外的窗户框架都安上就行了，这些东西都堆放在客厅里，可以挪动。这里还有水！电力系统也已经安装好了！但是，我不明白他们为什么要把它建在地下。"

在蒙塔巴诺看来，他很清楚他们为什么这样做。"我知道。他们一开始拿到的许可是盖平房的。但是，房主和建筑队把房子建成了我们现在看到的样子。然后，他将整个地面铺上了一层沙土，这样就只能看到上面的房间，整座房子看起来就像一座平房。"

"这倒是。但是，他为什么要这么做呢？"

"他在等着法律的承认。只要政府承认，他就会一夜之间将覆盖在房子上的沙土全部清除掉，然后为住所申请许可证。否则，整栋房子就可能被推掉，即使这种情况在这里不太可能发生。"

队长笑了起来。"推掉？整个城镇都是违规建房！"

"是的，但房主一直住在德国。他可能不了解我们这里神奇的传统，认为这里的人们和科隆人一样遵纪守法。"

队长看起来不太信服。

"好吧。但是，这届政府已经一次又一次地特批了这些违建，为什么这位……"

"他几年前就已经死了。"

"那我们该怎么做呢？将一切都归回原位？"

"不，就这样放着。这样有什么问题吗？"

"你指的是上面的房间？没有问题，完全没有问题。"

"我想让中介看看他们出租的这套房子构造是多么的巧妙。"

※

所有人都走了之后，警长洗了个澡，晒了会儿太阳，然后穿上了衣服。他又拿了一瓶啤酒。他现在觉得很饿。为什么这帮人这么久了还不回来？

"喂，利维娅？你还在急诊室吗？"

"没有，我们在路上了。布鲁诺很好，没事了。"

他四处闲逛了一会儿，然后给恩佐餐厅打了个电话。"我是蒙塔巴诺。我知道现在有点儿晚了，你那儿马上就要闭餐了。但是，我们这边有四个大人和一个孩子还没吃饭，还有什么可以点的吗？"

"警长先生，对您我们二十四小时开放。"

※

事情总是这样，幸运地度过灾难总是让每个人劳累饥饿。恩佐看他们欢声笑语，狼吞虎咽，就好像一周没有休息过一样，便问他们为什么这么开心。布鲁诺好像被一只狼蛛咬了似的，边跳边走，碰到了桌上的餐具，幸亏玻璃杯没有摔碎，但他却碰倒了橄榄油，弄得蒙塔巴诺裤子上满是橄榄油。有那么一瞬间，蒙塔巴诺很后悔那么快把他从地下室救出来。但是，他很快又为自己的这个想法感到愧疚。

最后，大家都吃完了，利维娅和她的朋友回到了皮佐。而蒙塔巴诺回家换裤子，然后回警局上班了。

※

那天晚上，他问法齐奥能不能开巡逻车送他回家。

"加洛可以的，长官。"

"没有别人吗？"他可不想再来一次早晨那样的"夺宝奇兵"式飙车了。

"没有别人了，长官。"

一上车，他就劝告加洛。"听着，加洛，我们不着急回家，开慢点儿。"

"长官，告诉我您想要什么速度？"

"最多每小时三十公里。"

"三十公里？！长官，我可不知道怎么以三十公里的时速开车。我很可能会撞上东西。五十五或者六十五公里怎么样？"

"好吧。"

一切都好。但当他们开出主路，开上那条小路后，在乡村小屋的正前方，一条狗猛地冲了出来。为了躲狗，加洛一个急转弯，差点儿撞上了小屋的前门，撞碎了旁边的瓷壶。

"你撞碎了什么东西。"蒙塔巴诺说。

他们下了车，那个五十来岁的农民从屋里出来了，还是穿着破旧的衣服，戴着贝雷帽。

"怎么了这是？"他推开门问道。

"我们撞碎了您的瓷壶，想要赔偿您。"加洛礼貌地说道。然后发生了很奇怪的事。这个人一看是警车便转身回到了屋里，然后锁上了门。加洛很纳闷。

"他看到我们的警车了。"蒙塔巴诺说，"很显然，他不喜欢我们。试着敲敲门。"

加洛敲了敲门，没有人回应。

"喂！有人吗？"还是没有人回应。

"我们走吧。"警长说。

※

劳拉和利维娅在阳台上放了张桌子。今晚的夜色美得让人心醉。白天的酷热莫名消散，取而代之的是舒适的凉爽。明亮的皓月倒映在海面。好一场月光晚餐。

但她们只是简单地准备了点儿食物，因为他们在恩佐餐厅吃得不少，现在还不太饿。

坐在桌子旁，圭多跟他们说了那天早上他和农民在小屋附近发生的事情。

"我说一个小男孩失踪了，他说'哦！不！'，然后跑回房间。我敲了几次门都没有人开。"

所以，蒙塔巴诺认为，他不只是对警察这样。但是，他并没有讲述自己的遭遇。

吃完之后，圭多和劳拉建议，他们可以趁月夜一起去沙滩上散散步。利维娅和蒙塔巴诺拒绝了。庆幸的是，布鲁诺和他爸妈一起去了。

他们在躺椅上休息了一会儿，享受着夜色的静默。但是，这寂静被鲁杰罗的叫声打破了，它蹲在警长的腿上舒服得很。利维娅说："你能带我去你找到布鲁诺的地方看看吗？你知道，我们都已经回来了，但劳拉还是不让我去看布鲁诺掉进去的地方。"

"好吧。我去拿手电筒。车里有一个。"

"圭多肯定也有，我去找找。"

他们在挖开的窗户前见面，一人拿着一个手电筒。蒙塔巴诺先穿过窗户，确定没有老鼠，然后把利维娅扶进来。而鲁杰罗也跟着跳下来了。

"真不敢相信！"利维娅看着这间卫生间说。

地下的湿气很重。只有这扇窗户开着，通风很差。他们进入了发现布鲁诺的房间。

"你最好不要往里走了，利维娅。里面都成池塘了。"

"可怜的孩子！他一定很害怕！"利维娅说着，朝客厅走去。

在手电筒的照射下，他们看到了窗框，都被塑料纸包裹着。蒙塔巴诺发现墙边靠着一个很大的箱子。出于好奇，他打开了箱子。

此刻，他像《毒药与老妇》里的加里·格兰特一样，猛地将箱子放倒，然后一屁股坐到了上面。利维娅用手电筒的光照着他的脸，他笑了起来。

"你笑什么？"

"我？没有笑啊。"

"那你为什么做出那种表情？"

"什么表情？"

"箱子里是什么？"利维娅问道。

"没什么，是空的。"

他可不会告诉她里面装着一具尸体！

4

圭多和劳拉结束了浪漫的海边漫步，那个时候已经十一点多了。"太棒了！一天的忙碌之后，我真的需要像刚才那样好好地散散心。"劳拉兴奋地说。

圭多却没那么兴奋，因为他们走到一半的时候，布鲁诺突然犯了困，他不得不抱着他走完全程。

和利维娅参观完幽灵房子之后，蒙塔巴诺坐在躺椅上，陷入了比哈姆雷特更难以抉择的两难境地：坦白还是缄默？如果告诉他们楼下有一具尸体，屋子里肯定就炸锅了，整个晚上都消停不了。其实有一点是很确定的，劳拉绝对不会愿意和一具无名尸体同住在一个屋檐下，她一定会找别的地方睡觉。

但是去哪儿呢？马里内拉的家中连个客厅都没有，他们肯定得露营。那可如何得了？他想象着，劳拉、利维娅和布鲁诺在双人床上，圭多在沙发上，而他在椅子上。太可怕了。

不，这不是解决问题的办法。最好的办法就是去酒店。但是，大半夜的，在维加塔，他们能找到一家还在营业的酒店吗？或许蒙特鲁萨是个不错的选择。可是，那样就意味着来自蒙特鲁萨的电话会一通接着一通，他还得不停地开着车往返于马里内拉和蒙特鲁萨去陪伴他们的朋友。更加锦上添花的是，利维娅一定会整夜与他争吵。

"你为什么要选择这栋房子呢？"

"亲爱的利维娅，我不知道这里有一具尸体。"

"那你现在怎么又知道了呢？你算什么警察？"

他觉得，还是不要跟任何人提起比较好。

毕竟，只有上帝知道那具尸体在箱子里待了多久。多一天少一天没什么区别，也不会影响调查。

跟朋友告别之后，利维娅和蒙塔巴诺回到了马里内拉。

利维娅先去洗澡，蒙塔巴诺在阳台上给法齐奥打电话，声音很小。"法齐奥？我是蒙塔巴诺。"

"长官，怎么了？"

"来不及解释了。十分钟之内，你给我打电话，就说有急事需要我去趟警局。"

"为什么，发生什么事了？"

"别问了，按我说的做。"

"那我之后要做点儿什么？"

"放下电话，回去睡觉。"

五分钟之后，利维娅从浴室出来了，蒙塔巴诺进去了。他在刷牙，听到电话铃响起。不出所料，利维娅接了电话，这会让他设定的故事更为真实。

"萨尔沃，是法齐奥的电话！"

他走进餐厅，牙刷还含在嘴里，嘴唇上满是泡沫，利维娅正盯着他，为了讨好利维娅，他自言自语道："他们就不能消停会儿吗？都这个点了。"他气愤地接过电话，说道："什么事？"

"您需要马上到警局来。"

"你们自己就不能解决吗？不能？好吧，好吧，我马上到。"

他假装很生气地放下电话。"这群人就是长不大！他们总是需要'爸爸'帮忙。对不起，利维娅，但是没有办法。"

"我知道了，我要睡觉了。"利维娅冷冰冰地说了一句。

"你会等我吗？"

"不会。"

他穿上衣服，走出家门，开车去了蒙塔雷亚莱码头。他开得很慢，因为他想尽可能浪费些时间，等着劳拉和圭多休息了再行动。

到皮佐之后，他开到第二栋房子旁边，这里一直无人居住，状况不错。然后，他停下车来，拿着手电筒下了车，徒步穿过乡间小路，因为他担心车的声响会打破夜的寂静，吵醒劳拉和圭多。

房间里没有灯光了，这说明劳拉和圭多已经进入了梦乡。

他蹑手蹑脚地靠近那扇窗户，然后爬过窗户，进入地下室。进去之后，他打开手电筒，朝客厅的方向走去。

他打开箱子的盖子，几乎看不见尸体，因为尸体被密封地下室的那种塑料纸缠了好几圈，又被褐色胶带缠了好几圈，看起来像具木乃伊，又像被托运的包裹。

他用手电筒仔细地照了照，发现尸体保存完好，至少从表面上来看是这样的。很明显，塑料纸将尸体紧紧缠住，因为密封得很好，所以才避免了尸体的恶臭散发出来。他强迫自己仔细地看看，发现尸体头部附近是一团棕色的长发。脸部已经无法辨认了，因为被棕色的胶带缠了两圈。

但是很明显，这是个女人。

除此之外，别无发现。他盖上箱子的盖子，走出地下室，然后开车回家了。

利维娅躺在床上，但还没睡，正在看书。

"亲爱的，我办完事就赶紧回来了。我去洗澡。"

"快去，不要浪费时间了。"

※

第二天早上九点，利维娅从卫生间出来，发现蒙塔巴诺坐在阳台上。

"你怎么还在这儿，不是说要去警局处理事务吗？"

"我改变主意了。我要请半天假，和你一起去皮佐陪朋友。"

"天呐，真好！"

他们到那里的时候，劳拉、圭多和布鲁诺正准备去沙滩。他们打算一整天都待在外面，于是，劳拉在篮子里装了些食物。

但是，警长有些焦虑，他在想到底应该在什么时候、以什么样的方式告诉他们这样惊人的"好消息"。

幸运的是，圭多帮助了他。"你有没有给房地产公司打电话，告诉他们这套房子是违建？"

"还没有。"

"为什么？"

"因为我害怕他们提高租金，因为你们还使用了另一套房。"

他试图开个玩笑，但是利维娅打断了他。"行了吧，你还等什么呢？我想看看那个中介听说后是什么表情。"

我倒是想看看你几分钟之后的表情，蒙塔巴诺心想。但他嘴上只说："好吧，我们遇到了一个大麻烦。"

"什么？"

"你可以把布鲁诺支开一会儿吗？"蒙塔巴诺小声对劳拉说。

她感到疑惑，但照他说的做了。"布鲁诺，帮妈妈一个小忙。去厨房冰箱里拿一瓶矿泉水过来，好不好？"

其他人都盯着他，对他提出的要求感到好奇。

"所以呢？"

布鲁诺离开后，他说："其实，我发现了一具尸体，是个女的。"

"在哪里？"圭多问道。

"在地下客厅的一个箱子里。"

"你在开玩笑吗？"劳拉说。

"不，他没有开玩笑。"利维娅说，"我很了解他。是昨晚我们下去的时候发现的吗？"

布鲁诺拿着矿泉水回来了。

"再去拿一瓶！"他们异口同声地说道。

孩子把瓶子放在地上，又跑去拿。

"所以说，"有点儿明白发生了什么事的利维娅说，"你让我朋友和尸体一起待了一个晚上？"

"拜托，利维娅！尸体在楼下！又不会传染！"

突然，劳拉发出一声尖叫，这好像成了她的专长。

正在阳台上晒太阳的鲁杰罗迅速逃跑了。布鲁诺把第二瓶水放在地上，接着去冰箱里拿。

"你个混蛋！"圭多生气地说。劳拉哭着走向卧室，圭多跟在她身后。

"但这是最好的解决办法了。"他试图向利维娅解释。

她只是鄙夷地看着他。"昨晚，法齐奥给你打电话是你安排好了的，是为了找个借口出门，是吗？"

"没错。"

"你是不是又回来看了看尸体？"

"对。"

"之后，你又和我做爱了！你这个畜生！禽兽！"

"但是我在那之前洗澡了。"

"麻木不仁！"

她起身走进劳拉的卧室，只留蒙塔巴诺一个人在那里。五分钟后，她又出来了，冷若冰霜。"他们在收拾行李。"

"他们要走了吗？机票怎么办？"

"圭多决定现在就走，他们要开车回去。带我回马里内拉，我也要收拾行李和他们一起走。"

"利维娅，冷静点儿！"

"我不想再听你说话！"

没指望了。在回马里内拉的路上，利维娅一句话都没说，蒙塔巴诺也不敢说话。到家之后，利维娅匆忙地将她的东西放进李箱，然后坐到了阳台上，很不开心。

"你想让我给你做点儿吃的吗？"

"你就知道两件事。"

她没有说那两件事是什么，但蒙塔巴诺知道她想说什么。

大约一点的时候，圭多来接利维娅。鲁杰罗也在车上，很显然，布鲁诺舍不得它。圭多把房间钥匙递给了蒙塔巴诺，但是并没有与他握手。劳拉歪过头去，布鲁诺大声讥笑着他，而利维娅没有跟他亲吻告别。

被拒绝，被抛弃，蒙塔巴诺带着沉重的心情目送他们离开，但心底也有一丝安慰。

※

他做的第一件事就是给阿德莉娜打电话。

"阿德莉娜，利维娅回热那亚了。你明天早上可以过来吗？"

"好的，先生。需要的话，我可以在两个小时内过去。"

"好吧，暂时不需要。"

"不，先生，无论如何，我会过去的。我可以想象，利维娅离开之后，房子该有多乱！"

厨房里留着一点儿硬面包，蒙塔巴诺从冰箱里拿出了一片奶酪。吃完之后，他躺在床上睡着了。

他醒来的时候是下午四点。他听到了厨房里盘子和杯子叮当作响的声音，阿德莉娜已经来了。"阿德莉娜，能给我拿杯咖啡吗？"

"马上，先生。"

蒙塔巴诺接过咖啡，满脸愁容。

"蒙塔巴诺先生，这盘子上满是油，我还在厕所里发现了两条脏内裤！"

其实，如果说世界上有个极度洁癖的女士，那就是利维娅。但是，在阿德莉娜眼里，好像利维娅的理想就是住在猪窝里。

"我告诉过你了，她走得很匆忙。"

"你们吵架了？分手了？"

"没有，我们没有分手。"

阿德莉娜看起来很失望，重新回到了厨房。

蒙塔巴诺起来打了个电话。"奥罗拉房地产公司吗？我是蒙塔巴诺，我找卡雷拉先生。"

"请稍等，他马上来。"一个女人回答。

"警长先生？下午好，有什么可以帮您的吗？"

"你今天在办公室吗？"

"在，今天一整天都在。有什么事吗？"

"半小时后，我把房屋钥匙给你。"

"什么？他们不是要待到……"

"是的，但是我的朋友们今天早上离开了。因为家里有人突然死了，很抱歉他们不能一直待在那里。"

"警长先生，听我说，我不知道您有没有看过合同。"

"看过一眼，怎么了？"

"合同里写得很清楚，如果客户提前离开，押金不予退还。"

"卡雷拉先生，谁说要你退押金了？"

"那好吧，您不用亲自过来了，我会派人去警局取钥匙。"

"我想跟你谈谈，然后给你看点儿东西。"

"那您什么时候方便什么时候过来吧。"

※

"坎塔雷拉，我是蒙塔巴诺。"

"长官，我知道是您，您的声音很特别。"

"有什么消息吗？"

"没有，长官。除了菲利波·拉古萨，您知道他的，长官，他在教堂边上有一家鞋店。他拿枪打了他的姐夫加斯帕里诺·曼泽拉。"

"打死了吗？"

"没有，长官，只是擦伤而已。"

"他为什么射伤他？"

"当时天很热，加斯帕里诺·曼泽拉头上苍蝇乱飞，他一急就开枪打了他。"

"法齐奥呢？"

"没在，长官。他往铁桥的方向走了，因为害他妻子破产的那个人是从那里逃跑的。"

"好吧，我想告诉你……"

"但是，还有些其他事情发生。"

"什么？我还以为没什么事了呢。发生什么事了？"

"卡珀利尔和阿尔贝托·维多佐警长去了泥泞的地方，结果都陷在泥里了，坏了一条腿。加洛带他们去医院了。"

"听着，我想说的是我要晚些到。"

"您说了算，长官。"

※

卡雷拉先生正忙着和顾客交谈。蒙塔巴诺在外面吸烟。天气太热了，沥青都有点儿化了，粘在行人的鞋底上。卡雷拉忙完后就马上过来找蒙塔巴诺了。

"警长先生，请进屋，屋里有空调。"

蒙塔巴诺很讨厌空调，但也无所谓了。"我先带你去看点儿东西。"

"您要带我去哪儿？"

"你出租给我朋友的房子。"

"怎么了？有什么不对吗？有什么东西坏了吗？"

"不，一切都好，但我觉得你应该过去看看。"

"好的。"

"我记得你带我看房的时候说过，房主之前移民到了德国，后来又回来建造了这栋房子，是一个名叫奥杰洛·斯佩恰莱的人，他娶了个德国寡妇。她的儿子拉尔夫和继父一起来过这里，但在回德国的路上神秘消失了。是这样吗？"

卡雷拉充满敬佩地看着他。"没错，您的记忆力太好了！"

"是啊，你有斯佩恰莱先生的地址和电话吗？"

"当然，请等一下，我帮您找一下古德龙太太的信息。"

蒙塔巴诺在废纸上写下了所有信息。卡雷拉感到很好奇。

"您要做什么呢？"

"一会儿你就明白了。我想你应该记得，你跟我说过设计和管理这套房子的开发商。"

"没错，他的名字叫米歇尔·斯皮特雷利。您要他的电话吗？"

"要。"蒙塔巴诺简要地记了下来。

"警长先生，您能告诉我原因吗？"

"路上我会告诉你的。这是钥匙，你拿着。"

"需要很长时间吗？"

"这可说不准。"

卡雷拉好奇地看着他。蒙塔巴诺的表情却很坚定。

"我最好跟我的秘书说一声。"卡雷拉说。

※

他们坐上了蒙塔巴诺的车。在路上，警长跟卡雷拉讲了布鲁诺如何失踪、找到他如何困难，以及最后如何在消防员的帮助下救出了布鲁诺。

卡雷拉只担心一件事。"他们破坏了什么东西吗？"

"谁？"

"消防员。他们破坏房子了吗？"

"没有，没有破坏里面。"

"那就好，因为曾经有一次，出租屋的厨房发生了火灾，但租户的破坏力比火灾还强。"他没有提及房子违建的事。

"你打算通知古德龙太太吗？"

"当然了。但是她肯定一无所知。那一定都是奥杰洛·斯佩恰莱的注意。一切问题都交给我来处理吧。"

"你会申请政府许可吗？"

"我不知道……"

"卡雷拉先生，别忘了，我是政府工作人员。我不会走其他路子的。"

"咱们就是假设一下。如果我告诉斯佩恰莱，让一切都恢复原样……"

"那我就起诉你、古德龙和斯佩恰莱，因为违建。"

"好吧，如果这样的话……"

※

"看呀！看呀！"卡雷拉惊叫道，他通过卫生间的窗户进了房间，发现房间随时能投入使用。

手里拿着手电筒，蒙塔巴诺带他去了另一个房间。

"看啊！看啊！"

他们来到了客厅。

"看见了吗？"蒙塔巴诺说，"这些套管都准备好安装了。"

"看那里！看啊！"

假装是偶然，警长将手电筒照在了箱子上。

"里面是什么？您打开过吗？"

"我？没有。我为什么要那么做呢？"

"您能把手电筒借我用一下吗？"

"给。"

一切都按计划进行着。

卡雷拉打开箱子，当他照到箱子里面的时候，他没有再说"看啊"，而是向后跳了一大步。"我的天哪！我的天！"他拿着手电筒,瑟瑟发抖。

"怎么了？"

"这……这……这里有……一具尸体！"

"真的吗？"

5

尸体的事情已经揭晓，警长想再看看尸体。但首先，他得先帮一帮卡雷拉——他冲出了房间，呕吐不止，估计这一个礼拜的饭都白吃了。

蒙塔巴诺打开楼上房间的门，让头昏眼花的卡雷拉躺在沙发上，然后给他拿了一杯水。

"我能回家吗？"

"开什么玩笑？我不能带你回家。"

"我给我儿子打电话，让他来接我。"

"绝对不行！你必须等着检察官来！是你发现了尸体，不是吗？你想再来点儿水吗？"

"不，我觉得很冷。"

这种天气，觉得冷？

"我车里有毯子，我去拿。"

他扮演完善良的撒玛利亚人之后，给警局打了电话。"坎塔雷拉，法齐奥在吗？"

"他很快就来了。"

"什么意思？"

"他刚才在电话里说他五分钟之后到。我的意思是说，他五分钟之内就过来了，不是我，因为我已经在这儿了。"

"听着，这里发现了一具尸体，我想让他给这个号码打电话。"

他把这栋房子的电话号码给了他。

"嘿，嘿！"坎塔雷拉说。

"你是在笑还是在哭？"

"长官，我在笑。"

"为什么笑？"

"因为一般都是我告诉您有尸体，这次是您告诉我的！"

※

五分钟后，电话响了。

"怎么了，长官？您发现了一具尸体？"

"是租给我朋友房子的中介发现的。不过，幸运的是，在我们发现尸体之前，我朋友就已经离开了。"

"刚死吗？"

"我觉得不是。其实，我已经排除这种可能了。但是，我还没有好好看呢，因为我在照顾卡雷拉，这个可怜的人。"

"是消防员去过的那栋房子吗？"

"没错，在蒙泰雷亚莱码头的皮佐区，泥泞小路的尽头。带些人来，通知检察官、法医和帕斯夸诺医生。我不想一个人侦查。"

"我会照做的，长官。"

※

法齐奥是和加鲁佐一起来的。他一边戴手套，一边问蒙塔巴诺：

"我可以下去看一眼吗？"

警长斜躺在阳台的躺椅上，沐浴着阳光。"当然，但是小心点儿，不要留下指纹。"

"您不下去吗？"

"我下去干什么？"

※

半小时后，一片混乱声。

法医先到了。但是，他们在地下客厅什么也看不到，于是便用了半小时的时间通电。

帕斯夸诺和他的手下也开着救护车来了。意识到暂时还没到他发挥作用的时候之后，他铺开了另一张躺椅，坐在警长旁边打起了瞌睡。

一个多小时之后，太阳差不多快落山了，法医组的人过来叫醒了他。

"医生，尸体被密封起来了，我们该怎么办？"

"打开。"他回答道。

"好的。但是，谁来打开呢，我们，还是您？"

"还是我自己来吧。"帕斯夸诺叹了口气。

"法齐奥！"蒙塔巴诺叫道。

"长官！"

"托马塞奥检察官到了吗？"

"还没有，长官，他说过来至少得一个小时。"

"你知道我要去干什么吗？"

"不知道，长官。"

"我要去吃点儿东西，然后再回来。可能要花点儿时间。"

穿过客厅，他发现卡雷拉躺在沙发上一动不动，可怜极了。"走吧，我带你去维加塔，我会告诉检察官发生什么事了。"

"谢谢，谢谢。"卡雷拉说道，然后把毯子递给了他。

※

他把卡雷拉送到了房地产公司门前，办公室已经关门了。

"别忘了，别跟任何人提起你发现尸体这件事。"

"亲爱的警长，我觉得我已经发烧到一二百度了，简直不能呼吸了，哪还有力气多嘴呢！"

去恩佐餐厅吃饭总会耽搁很久，所以他回到了马里内拉的家里。

他在冰箱里找到了一大盘开胃菜，一大片羊奶乳酪。阿德莉娜还给他买了一些鲜面包。他饿极了，眼冒金星。

蒙塔巴诺吃完了所有东西，喝了半升白葡萄酒，然后洗了洗脸，又开车回到了皮佐。

※

警长到的时候，托马塞奥检察官已经站在房子前的停车区稍作休息，他向蒙塔巴诺跑来。"好像是性犯罪！"

他的眼睛里闪着光，语调十分激动。这就是托马塞奥检察官。每一场和私通或是性侵有关的犯罪都让他无比兴奋。蒙塔巴诺觉得他就是个疯子，当然也就只是在心里想想罢了。

托马塞奥审讯女人的时候会像蜗牛一样流口水。众所周知，他的生活中并没有什么女性朋友或情妇。

"帕斯夸诺医生在里面吗？"蒙塔巴诺问道。

"在。"

这座违建令人窒息。许多人进进出出，法医打开了两盏照明灯，释放着热气。本来紧张的气氛变得更加紧张了，工作中的男人们身上散发着浓厚的汗臭味，夹杂着难闻的尸臭味。

尸体已经被从箱子里弄出来，尽可能完整地打开了，但是，仍能看到皮肤上贴着的几块胶带，可能已经与皮肤融合到一起了。他们将尸体放在担架上赤裸着，正如发现时的样子。帕斯夸诺医生小声骂了两句，完成了检查。蒙塔巴诺发现，这个时候不适合问他具体情况。

"去找检察官！"法医突然命令道。

托马塞奥进来了。

"检察官，我不能继续在这里工作了，太热了，眼睛都模糊了。我能把她弄出去吗？"

托马塞奥好奇地看着帕斯夸诺。

"如果你问我的话，我觉得可以。"帕斯夸诺说。

帕斯夸诺和蒙塔巴诺都心烦意乱，两个人见面的时候都没有打招呼，只有在不得已的时候才会说话。

帕斯夸诺看着蒙塔巴诺，没有对任何人说任何话。警长上楼，从冰箱里拿了瓶啤酒——那是圭多留下的。然后，他走到了阳台上，坐在躺椅上。他听到了汽车开走的声音。

几分钟后，帕斯夸诺医生出现了，像之前那样坐着。"我看你对这房子很了解。我可以喝瓶啤酒吗？"

警长朝厨房走去，法齐奥和加鲁佐进来了。

"长官，我们现在可以走了吗？"

"给，拿着这张纸。这是开发商米歇尔·斯皮特雷利的电话号码。你们现在去找他。一定要找到他，然后告诉他，明天上午九点，我准时在警局等他。晚安。"

他递给帕斯夸诺一瓶冰啤酒，给他讲了这栋房子的来历。然后他说："医生，这么美好的夜晚，你走掉太可惜了，能不能回答我几个问题？"

"最多四五个。"

"你能确定她的年龄吗？"

"可以，大概十五六岁。一个问题了。"

"托马塞奥告诉我说是情杀。"

"托马塞奥是个变态。第二个问题。"

"这是什么意思，两个了？这个不算！你别想蒙我！你只回答了一个问题！"

"好吧。"

"第二个问题，她被强奸了吗？"

"说不准，这得等验尸之后才知道。不过，我觉得是。"

"第三个，她怎么死的？"

"割喉。"

"第四个问题，多久了？"

"五六年。因为封存得很好，所以她的尸体保存得很好。"

"第五个，依你看来，她是在地下室被杀的，还是在其他地方？"

"你应该问法医队，不管怎样，阿克在地板上发现了很多血迹。"

"第六个……"

"不，不，不。问题问完了，啤酒也喝完了，晚安。"

他起身离开了。蒙塔巴诺也站了起来，但他没有离开，而是又去冰箱里拿了瓶啤酒。

今晚，他不想离开阳台。突然，他很想利维娅。就在前一天晚上，他们还在这个地方，如胶似漆。

他突然觉得很冷。

※

第二天早上，法齐奥八点就到了警局。蒙塔巴诺半个小时之后到达。

"长官，原谅我，我不相信。"

"你不相信什么。"

"尸体被发现的过程。"

"不然她是如何被发现的呢，法齐奥？卡雷拉恰好看到了那个箱子，他掀开了盖子，然后就……"

"长官，让我说的话，是您安排卡雷拉打开箱子的。"

"我为什么要那么做？"

"因为您在前一天已经发现了尸体，就在您去找孩子的时候。您的鼻子像猎犬一样灵敏，长官！您怎么会没有发现呢！但是，您当时没有说出来，所以您的朋友们悄无声息地离开了。"

他已经知道了一切。虽然不全对，但也八九不离十了。

"你愿意怎么想就怎么想吧。找到斯皮特雷利了吗？"

"我找到他们家了，他妻子把他的电话号码给了我。他的电话一开始关机了，没有接通。一个小时后，他接了，说会在九点钟到这儿。"

"发现什么了吗？"

"当然，长官。"他从口袋里拿出一张小纸条，开始念。"米歇尔·斯皮特雷利是巴尔托洛梅奥·斯皮特雷利和玛利亚·菲诺基亚罗的儿子，于一九六〇年十一月六日出生于维加塔，目前居住在林肯街四十四号，已婚。"

"够了。"蒙塔巴诺说，"今天我心情好，勉为其难让你先说这些吧。"

"谢谢您心情这么好。"法齐奥说。

"告诉我斯皮特雷利是谁吧。"

"好吧，我了解到他姐姐如何嫁给了帕斯夸里·阿里桑德罗，以及阿里桑德罗在过去八年的时间里如何成了维加塔市长。斯皮特雷利恰好是市长的小舅子。"

"基本演绎法，我的华生。"

"他本身就是个测量员，名下有三家建筑公司。他竟然拿到了百分之九十的市政合同。"

"他们就让他干了？"

"当然，因为他会给库法罗家族和西纳格拉家族保护费，哪家也不偏向。当然，他姐夫也有回扣吃。"

因为库法罗家族和西纳格拉家族是当地的两大黑手党，开发商受到了他们的庇护，自然是安全的。

"所以，每份合同的最终价格都是初始数字的两倍。"

"亲爱的警长先生，斯皮特雷利不能偏心，否则就要倒霉。"

"其他的呢？"

法齐奥给了个模糊的说法。"有谣言。"

"什么意思？"

"他比较喜欢未成年人。"

"恋童？"

"长官，我不知道该怎么说。其实吧，他喜欢十四五岁的年轻女孩。"

"十六岁的呢？"

"不喜欢，他觉得那就过了女孩子最美妙的年龄了。"

"他一定是经常出国的那种人，出去参加性旅游。"

"是的，长官。但是，他在这里也会找。他不缺钱。镇上有传言说，一个女孩的父母想举报他，但他给了他们好几百万里拉，最终摆平了。还有一次，他强奸了一个处女，他给了她一套房子。"

"他是在找那些想卖女儿的人吗？"

"长官，现在是自由市场经济。但自由市场难道不是民主、自由和进步的标志吗？"

蒙塔巴诺张大嘴巴，呆呆地看着他。

"您为什么那样看着我？"

"因为你抢了我的台词……"

电话响了。

"长官，斯皮特雷利到了。"

"好，让他进来。"他又转身对法齐奥说："你有没有告诉他我们传唤他的原因？"

"什么？您在开玩笑吧。我怎么会告诉他呢。"

斯皮特雷利，棕色皮肤，穿着精致的绿夹克，手佩运动款劳力士，齐肩头发，戴着金手镯，胸前挂着纯金十字架，衬衫纽扣开着，但几乎看不到胸毛，足蹬黄鹿皮皮鞋，没有穿着袜子。因为被传唤，很明显非常紧张。从他只坐在椅子的边缘上就能知晓这一点。他先开口说话了。

"按照您说的，我来了。但是相信我，我什么都不知道。"

"你知道的。"

为什么这个人让他感到如此厌恶，他决定像往常一样先消磨消磨时间。

"法齐奥，你处理完弗兰切斯基尼的事情了吗？"

根本没有什么弗兰切斯基尼，但法齐奥经验很老到。

"还没有，长官。"

"我马上过去，五分钟的时间，先把那摊子事解决了。"

他站起来，转向斯皮特雷利。"稍等，稍后来处理你的事。"

"拜托，警长，我还有事。"

"我知道。"

他们走进法齐奥的办公室。

"让坎塔雷拉给我冲杯咖啡，你要吗？"

"我不用，长官。"

他悠闲地喝着咖啡，然后去停车场抽了支烟。斯皮特雷利开着一辆黑色法拉利，这更增加了他对开发商的憎恶。在小镇上开法拉利，就好像在自家卫生间养了只狮子。

他和法齐奥回到办公室时，发现斯皮特雷利正在接电话。"……给菲利贝托。听着，我待会儿再打给你。"看见他们走进来，斯皮特雷利对着电话说道，然后把手机装进了衣兜。

"我看见你打电话了。"蒙塔巴诺严肃地说，他的即兴创作都赶上《神曲》了。

"怎么了？不可以吗？"斯皮特雷利挑衅道。

"你应该先跟我打声招呼。"

斯皮特雷利生气了。"我没必要跟您说任何事！我是自由公民！如果您有什么事……"

"冷静点儿，斯皮特雷利先生。你犯了大错。"

"不，我没有。你们怎么像对待被捕犯人一样对我！"

"逮捕吗？谁说过逮捕的事吗？"

"我要找我的律师！"

"斯皮特雷利先生，请先听我说，然后再决定要不要找律师。"

"好，您说吧。"

"如果你跟我说你想给某人打电话，我要按照规定告知你，你在意大利警局打出去和接进来的每一通电话，甚至手机的通话记录，都被拦截并做了记录。"

"什么？！"

"没错，你没有听错。这是内政部的最新命令。你知道的，是为了防止恐怖主义……"

斯皮特雷利脸色煞白，犹如尸体。"我要录音带！"

"你总想要这个要那个，律师、录音带……"

站在一旁的法齐奥笑了起来。"哈哈哈！他想要录音带！"

"是的，这件事没有那么好笑吧！"

"我来跟你解释一下。"蒙塔巴诺打断了他们，"我们这里没有什么录音带，这些通话直接被罗马的反黑手党和反恐组织通过卫星拦截了。所有记录都在他们那里，为了防止出现任何干扰、删除和遗漏，明白吗？"

斯皮特雷利汗如雨下，跟喷泉似的。

"然后呢？"

"如果在拦截的对话中有任何可疑之处，罗马那边就会通知我们，责令我们进行调查。不好意思，对你来说，有什么好担心的呢？你没有任何犯罪记录，不是恐怖分子，也不是黑手党。"

"当然不是，但……"

"但是什么？"

"您看，三周前，在蒙特鲁萨的工地上，发生了一场事故。"

蒙塔巴诺看了法齐奥一眼，表示他对此一无所知。"什么样的事故？"

"一个工人……一个阿拉伯人……"

"非法移民？"

"很明显，是的……但是，他向我保证过。"

"保证他是合法移民？"

"是，因为他正在办手续……合法的手续。"

"所以，你是知情的！"

"是的。"

6

他的脸上露出一抹诡秘的微笑，说："我们知道这件事的全部经过。"

"我们全都知道！"法齐奥语气夸张，大声笑了起来。

谎话连篇。

"他从脚手架上摔下来了。"警长冒险猜测说。

"从三楼。"斯皮特雷利浑身是汗，"您可能知道，这件事发生在周六。他失踪那天，人们都以为他走了。直到周一工地开工我们才发现了他。"

"我知道，他们也是这么告诉我们的。"

"蒙特鲁萨的洛祖波内警长进行了严密的调查。"斯皮特雷利总结说。

"对，洛祖波内。等一下，这个阿拉伯人叫什么？我记不清了。"

"我也记不住了。"

蒙塔巴诺认为，他们应该为所有为了糊口而倒在工作岗位上的非法移民立碑，就像罗马的维托里安诺无名战士纪念碑一样。

"但是，你知道的，保护栏……"

第二个胡乱的猜测。

"哦，警长先生，那里是有保护栏的，我以上帝的名义发誓！您的同事亲眼看到了。事实是，这个阿拉伯人喝醉了，爬上了保护栏，然后摔下来了。"

"你知道验尸结果吗？"

"我？不知道。"

"血液中根本没有发现酒精。"

又一个弥天大谎。蒙塔巴诺在乱说。

"但是他的衣物上确实有！"法齐奥笑着说。他也是乱猜，看看哪个是正确的。

斯皮特雷利什么都没说，他甚至不觉得有什么异样。

"你刚才在跟谁打电话？"警长问道，事情回到了原点。

"工地的工头。"

"你跟他说什么了？你不一定非要回答，当然，这涉及你的切身利益……"

"首先，我告诉他，您叫我来一定是为了那个阿拉伯人的事，然后……"

警长先生用包容的语气说："这就够了，斯皮特雷利先生，不要再说了。我尊重你的隐私。我这么做并不是出于对法律的敬畏，而是出于对他人的尊重，这是我与生俱来的特点。如果罗马那边有什么通知，我会找你回来审问你。"

在开发商背后，法齐奥做出鼓掌的手势，为蒙塔巴诺的表现鼓掌。

"那我可以走了吗？"

"不能。"

"为什么？"

"是这样的，我传你来不是为了死掉的工人，而是为了其他事。你还记得你曾经在蒙泰雷亚莱的皮佐区设计修建的房屋吗？"

"奥杰洛·斯佩恰莱的房子？记得。"

"我必须告诉你，那里发生了一起刑事案件。我们发现了地下的非法建筑。"

斯皮特雷利情不自禁地松了口气，笑了起来。难不成他本以为自己会被安上更大的罪名？"您发现了？您那完全是在浪费时间。那简直就是废话，请原谅我的粗话！警长先生，您看，您负责调查非法建筑，只是不想被别人当成傻子一样看待！但是，那里的每家每户都是！我们能为斯佩恰莱做的就是争取政府的承认。"

"但这并不能改变你作为建造者和工地监理没有遵守建筑许可的事实。"

"警长先生，我再说一遍，那都是废话！"

"那是违法的。"

"您说违法？我认为这只是个小小的失误，用红笔勾一下就可以了。相信我，您最好不要起诉我。"

"或许，你是在威胁我。"

"有证人在场，我永远不会那么做。只是，如果您要起诉我，您就会成为全城的笑柄，那样，您就是个蠢货。"

他变得大胆起来，简直是个混账。他刚才打电话交代事情时吓得都快尿裤子了，现在听到违建的事情后竟然笑了出来。所以，蒙塔巴诺决定直击要害。"你可能是对的。不幸的是，我还是要调查那栋房子。"

"为什么？您能告诉我原因吗？"

"因为我们在里面发现了一具尸体。"

"尸……体？"

"对，一名十五岁的女孩。未成年，半大的孩子，喉咙被割开了，惨不忍睹。"

他特意强调了受害者的年龄。

斯皮特雷利突然张开双臂，好像要阻挡那股将他推倒的力量。然后，他试着站起来，但是他的腿和呼吸出卖了他，他跌坐在椅子上。"水！"他感到呼吸困难，艰难地说道。

※

他们给了他一杯水，甚至还派人去拿来了墙角处放着的干邑白兰地。

"感觉好些了吗？"

斯皮特雷利好像还是说不出话，做着手势，意思是还那样。

"听着，斯皮特雷利先生，现在开始听我说，你只要点头或摇头就可以了，行吗？"

开发商点了点头。

"这个小女孩的谋杀案可能发生在地下那层房屋被埋起来的当天或者前一天。如果发生在前一天，那凶手就是把尸体藏在了某处，直到第二天才把她弄进去，恰好就在掩埋的时候，因为过了时机就没办法放在地下那层了。能明白吗？"

他点了点头。

"也可能，凶案发生在最后一天，凶手留了个小开口，把女孩丢进去。然后，他强奸了她，割断了她的喉咙，把她塞进了箱子。最后，他离开了房子，封上了唯一的出口。你同意吗？"

斯皮特雷利稍微举高了手，意思是他不知道该说什么。

"你是看着工程竣工的吗？"

开发商摇了摇头。

"为什么不看着？"

斯皮特雷利摆了摆手，发出颤抖的声音。"嗡嗡嗡……嗡嗡嗡……"

他是在模仿飞机吗？

"你当时在飞机上？"

他点了点头。

"你们用多少人掩埋了这套非法建筑？"

斯皮特雷利伸出了两个手指。

这是继续调查的合适方式吗？看起来倒像喜剧小品。

"斯皮特雷利先生，你这种新潮的回答方式真是累人。我觉得你可能把我们当成了一群任你摆布的傻子。"他转向法齐奥，"你是不是也这么觉得？"

"是的。"

"所以，你知道你接下来该怎么做吗？你要带他去浴室，扒光他的衣服，让他洗个冷水澡清醒清醒。"

"我要找律师！"斯皮特雷利叫道，奇迹般地恢复了声音。

"你觉得这件事宣扬出去很好吗？"

"这是什么意思？"

"我的意思是，如果你叫了律师，我就会叫记者。我觉得你好像有强奸少女的前科……如果记者们将这件事曝光，那你就完了。但是，如果你好好配合，五分钟内，你就可以从这里走出去。"

开发商的脸色煞白，努力克服着身体的颤抖。"您还想怎么做？"

"刚才，你说你没有看着工程竣工，因为你坐飞机去了别的地方。那是什么时候的事？"

"竣工那天上午。"

"你还记得竣工日期吗？"

"十月十二号。"

法齐奥和蒙塔巴诺看了看彼此。

"老实告诉我，在客厅，除了用塑料包裹的窗框之外，有没有一个箱子？"

"有。"

"你确定吗？"

"非常确定，但是是空的。斯佩恰莱先生让我们放在那里的。他要用箱子装他从德国带回来的东西。箱子坏了一点儿，不怎么能用了。他没有扔掉它，而是放到了地下室。他说以后可能会用到。"

"告诉我最后负责工程的两个工人的名字。"

"我不记得了。"

"那你最好叫上你的律师，"蒙塔巴诺说，"因为我要指控你是共犯。"

"我真的不记得了！"

"对不起，但是……"

"我能给迪帕斯奎尔打个电话吗？"

"他是谁？"

"包工头。"

"是你之前联系的那个吗？"

"对，就是他，迪帕斯奎尔。他是给斯佩恰莱家建房子时的包工头。"

"请吧。记住，别打马虎眼。不要忘了，我们有电话记录。"

斯皮特雷利掏出手机，拨通了号码。"喂，奥杰洛，是我。你还记得六年前，我们在蒙泰雷亚莱皮佐区的工地上，那两个人的名字吗？不记得了？那我该怎么办呢？蒙塔巴诺警长想知道。好吧，确实是。好，打扰了。"

"等一下，你能把他的电话号码给我吗？法齐奥，记下来。"

斯皮特雷利把电话号码念给他听。

"所以呢？"蒙塔巴诺继续追问他。

"迪帕斯奎尔不记得那两个人的名字了。但是，他们的名字一定在我办公室的某个文件里，我能回趟办公室吗？"

"现在就去。"

开发商站起来，几乎是跑到门前的。

"等一下，法齐奥和你一起去，然后把姓名和地址发给我。

记得，随时准备接受传唤。"

"什么意思？"

"意思就是，你不能离开维加塔。如果你要出远门，必须通知我。说到这儿，你还记得十月十二号，你飞到哪儿吗？"

"曼谷。"

"你确实喜欢小鲜肉，是吧？"

斯皮特雷利和法齐奥出去了，蒙塔巴诺给斯皮特雷利的包工头打电话。他不想给开发商串供的时间。

"迪帕斯奎尔吗？我是蒙塔巴诺警长。你从工地到警局需要多久？"

"最多半个小时。但是您问我也没用，因为我现在不能去，我在工作。"

"我也在工作，我的工作就是通知你来警局。"

"再说一遍，我过不去。"

"你是说，需要我派人开着警车，当着你手下的面把你接走吗？"

"您想知道什么？"

"过来以后你就知道了，给你二十五分钟的时间。"

※

顶多二十二分钟，他就来到了警局。为了节省时间，他没有换衣服，身上满是石灰。迪帕斯奎尔大概五十岁了，头发灰白，但胡子是黑的。他身材矮壮，根本都不看蒙塔巴诺。即使看一眼，眼神里也满是困惑。

"我不懂，您为什么先跟斯皮特雷利先生说那个阿拉伯人，然后又问我皮佐区房子的事？"

"我叫你来不是为了皮佐区的那栋房子。"

"不是？那您叫我来干什么？"

"阿拉伯工人的死。他叫什么？"

"我不记得了。但那是意外！那个人喝醉了！那些人一大早就开始喝酒，天天如此！更别说是周六！其实，这是洛祖波内警长下的结论。"

"忘了我同事的结论吧。告诉我到底发生了什么。"

"但我已经告诉检察官和警长了。"

"好故事讲三遍也耐听。"

"好吧。周六五点半，我们完成工作就回家了。然后，周一早上……"

"停，你没有发现那个阿拉伯人不在吗？"

"没有，我能怎么做呢？点名？"

"最后是谁关的工地的门。"

"门卫菲利贝托，菲利贝托·阿塔纳西奥。"

之前他们进来的时候，正好听到斯皮特雷利在打电话，他嘴里说的也是这个名字——菲利贝托。

"你们为什么需要门卫？难道不嫌费钱吗？"

"总是有一群年轻的瘾君子……"

"我知道了，怎么找到他？"

"菲利贝托？他现在也是我承包的那个项目的门卫。事实上，他就睡在那里。"

"睡在外面?"

"那里有间铁皮预制板房。"

"告诉我工地的确切地点。"

迪帕斯奎尔告诉了他。

"继续。"

"我已经把我知道的所有事情都告诉您了!我们在周一早上发现他死了,是从三层脚手架上摔下来的。他烂醉如泥,爬过了护栏。那是个意外,我告诉您!"

"好,这件事到此为止。"

"那我可以走了吗?"

"等一下,任务完工的时候你在那儿吗?"

迪帕斯奎尔犹豫了一下。"但是,蒙特鲁萨的工程还没有结束!"

"我指的是皮佐区的房子。"

"您不是说,您叫我来是为了那个阿拉伯人吗?"

"我改变主意了,不行吗?"

"我有什么选择吗?"

"你知道的,皮佐区的地下室是非法建筑。"

迪帕斯奎尔既不惊讶,也不关心。"我当然知道,我只是照命令办事。"

"你知道'同谋'是什么意思吧?"

"我知道。"

"那告诉我。"

"同谋，同谋，同谋。要是帮别人盖违法建筑算同谋，那拿针扎一下人就算杀人了吧？"

他知道如何为自己辩驳。

"你一直待到工程完工才离开皮佐区吗？"

"不，斯皮特雷利先生在那之前就派我到费拉了，因为他们要在那里建一个工地。但是，皮佐区的工程差不多都完成了，我们只要再把非法的地下室密封一下，用沙子盖上就可以了。那很容易，不需要监工。我记得当时雇了两个工人，但我忘记他们的名字了。我好像对斯皮特雷利说过，你可以查查他们的名字。"

"没错，斯皮特雷利去找了。那你记得斯佩恰莱先生当时待到工程完工了吗？"

"我走的时候他还在。他那个像疯子一样的继子也在，就是那个德国小孩。"

"你为什么说他是疯子？"

"因为他就是疯子。"

"他的行为有什么异常吗？"

"他可以倒立一个小时。而且他喜欢趴在地上，像羊一样吃草。"

"就这些？"

"他想上厕所的时候，会当着大家的面直接脱掉裤子，根本不觉得尴尬。"

"但是，现在越来越多的人跟他一样，对吧？他们说得好听，把自己叫作自然爱好者。我觉得……整体来讲，这个德国人不算真疯了。"

"还有，有一天，他去沙滩，那会儿是夏天，沙滩上有人。他脱掉衣服，半裸着，露着下体，在沙滩上追一个女孩。"

"然后呢？"

"正好有两个年轻人路过，他们抓住他，打了他的脑袋。"

或许，拉尔夫觉得自己是马拉梅笔下的羊神潘恩。包工头说的这些很有意思。"你知道其他类似的事情吗？"

"知道。他告诉我，他还在通往皮佐区省道的那条小路上对另一个女孩做了同样的事。"

"他做了什么？"

"他一看见那个女孩就脱光自己的衣服，然后开始追她。"

"那个女孩是怎么逃掉的？"

"斯皮特雷利先生正好开车经过。"

真是恰当的时间碰上了恰当的人啊。蒙塔巴诺脑海中浮现出许多陈词滥调：一波未平一波又起，进退两难……他很讨厌自己有这种轻浮的想法。"我觉得，斯佩恰莱先生应该知道自己继子的所作所为吧？"

"没错！"

"他说什么了吗？"

"没说什么，他笑了起来。他说那个孩子只是以为自己在德国，没什么坏心思。他就只是想让那个女孩亲他一下，这是斯佩恰莱先生告诉我们的。但是我想知道：如果那个男孩只是想让她亲他一下，为什么要脱光自己的衣服呢？"

"好的，你可以走了，随时保持联系。"

迪帕斯奎尔很轻易地就说出了一切。尤其是，这个包工头还不知道女孩被谋杀的事情。蒙塔巴诺为那些有钱人感到羞愧，因为斯皮特雷利和拉尔夫都是性欲狂。只是有两个小疑问：这个年轻的德国人回国时莫名消失，而就在那可怕的十月十二号，斯皮特雷利在出差。

7

为了打发时间，等法齐奥回来，他决定给法医科打个电话。"我是蒙塔巴诺，找阿克法医。"

"请稍等。"

他等了许久，乘法表的六七八九四行都看完了。

"蒙塔巴诺警长？不好意思，阿克法医现在正忙。"

"他什么时候有时间？"

"请十分钟之后再打过来吧。"

忙？没错，忙着跟狗结婚呢。这个混蛋在故意拖延时间，坐等抬价。混蛋能值几块钱？难不成还能变成金蛋？

※

他起身离开房间。从坎塔雷拉旁边经过时，他说："我去喝杯咖啡，马上回来。"

他一走出去便觉得燥热难耐。停车场太热了，就好像站在大火边儿上。他摸了摸车门，被烫了一下，又骂骂咧咧地回屋了。坎塔雷拉不知所措地看着自己的手表。他不知道警长怎么这么快就喝完咖啡了。

"坎塔雷拉，去给我拿杯咖啡。"

"长官，又喝咖啡？您刚才不是喝过了吗？喝太多咖啡不好。"

"哦，那算了。"

※

"我是蒙塔巴诺，如果阿克法医不忙，请让他接电话。"

"请稍等。"

这次没等太长时间，但是他似乎听到了滚石乐队和披头士乐队的歌。

"蒙塔巴诺警长，阿克法医还在忙，请稍后再打过来吧。"

"十分钟之后？我知道了，知道了。"

他为什么要在这儿浪费时间呢？这个混蛋肯定开心着呢。他抓起两张纸，揉成团，塞进嘴里。然后用夹子夹住鼻子，重新拨通了法医实验室的电话。他说话带着点儿托斯卡纳口音。"我是全权公使兼监察长詹弗兰科·马拉多纳，请马上让阿克法医接电话。"

"长官，马上就来。"

蒙塔巴诺吐出纸团，拿走鼻夹。

半分钟后，阿克接电话了。"尊敬的监察长，您好，有什么可以效劳的？"

"不好意思，你为什么叫我尊敬的监察长？我是蒙塔巴诺。"

"他们告诉我说是监察长。"

"如果你喜欢的话，也可以那么叫我。"

阿克沉默了几秒，很显然，他想挂断电话，但是他犹豫了一下。"你想干什么？"

"你有什么想说的吗？"

"有。"

"说吧。"

"你应该说'请说'。"

"请。"

"问题。"

"她是在哪儿被杀害的？"

"在找到她的地方。"

"同一个地方？"

"客厅落地窗旁边。"

"你确定？"

"确定。"

"为什么？"

"因为那儿有一摊血。"

"别的地方呢？"

"什么都没有。"

"只有那摊血？"

"有痕迹显示，她被从那摊血那里拖到了箱子附近。"

"有没有凶器？"

"没有。"

"指纹呢？"

"数不清。"

"包裹尸体的塑料纸上也有？"

"没有。"

"还有其他发现吗？"

"一卷胶带。那种缠东西的胶带。"

"也没有指纹？"

"没有。"

"还有其他发现吗？"

"没有了。"

"混蛋。"

"你也是。"

精彩的对话。简洁、清晰，像维托利奥·阿尔菲耶里的悲剧里的对话一样。

但是，有一件事很清楚：谋杀就发生在竣工那天。

※

他不能再待在办公室了。他的头昏昏沉沉的，像糨糊一般，不能正常运转，时不时就卡壳一下。

警长能在办公室光膀子吗？有什么规定禁止这种行为吗？没有，只是希望外边的人不要突然闯进来。

他起身关上了窗户。透过窗子进来的只有热气。他半关着百叶窗，打开灯，脱了衬衫。"坎塔雷拉！"

"马上来！"

坎塔雷拉看见他，说："幸亏进来的是我！"

"听着，不要让外面的人进来，进来前先告诉我一声。我是想说，给卖风扇的店铺打电话，让他们送个风力大的风扇过来。"

※

现在还不见法齐奥的踪影，于是，他拨通了另外一个号码。"帕斯夸诺医生，我是蒙塔巴诺。"

"你知道吗？我刚才正愁呢，怎么没有人催我干活呀。"

"信不信？我感觉到了，这不来给你解忧了。"

"你到底又想知道什么？"这是帕斯夸诺惯用的贵族式礼貌。

"你难道不知道吗？"

"我准备今天下午验尸，明天早上再打电话吧。"

"今晚不行吗？"

"今晚我要去俱乐部，扑克大赛，今晚不想干……"

"我懂了。那你有没有大概看一下尸体？"

"很大概地看了一遍。"

从他说话的方式，警长认为，他一定得出了某种结论。这正是他想知道的。

"你今晚九点左右去俱乐部是吗？"

"没错，怎么了？"

"大约十点，我会出现在俱乐部，带着几个人穿警服过去，给你们的扑克大赛助助兴。"

蒙塔巴诺听到了他的笑声。"所以，你想说点儿什么？"

"我确定她不足十六岁。"

"然后呢？"

"凶手割了她的喉咙。"

"用什么？"

"可以装在衣服里的小刀，像剃须刀一样锋利，大概是欧皮耐尔牌的。"

"那他是左撇子吗？"

"没错，等我拿个水晶球给你卜一卦。"

"那很难判断吗？"

"很难，而且我不喜欢说废话。"

"我总是爱说废话，就让我听你说一次过过瘾吧。"

"我只是假设，你注意。在我看来，凶手并不是左撇子。"

"有什么根据吗？"

"我大概猜到了体位。"

"什么位？"

"你没看过《爱经》吗？"

"说说是什么意思？"

"这只是推测，我可不负责。凶手说服女孩跟他去了房子里，房子里满是尘土。她一进入房子，他就只想着两件事。第一件事是强奸她，第二件事是找到合适的时机杀掉她。"

"所以，你认为这是有预谋的谋杀，而不是临时起杀心之类的？"

"这只是我个人的猜想。"

"但是，他为什么想杀她呢？"

"或许他们之间有其他的关系，这个女孩向他要了一大笔封口费。你要明白，她还没成年，而这个男人很可能已经结婚了。你不认为这是个很好的动机吗？"

"对，事实上……"

"我能继续吗？"

"当然。"

"这个男人让她脱掉了所有衣服，他也是。然后，在他前面，她身体弯曲，手扶在墙上，他从后面强奸了她。时机合适的时候……"

"通过验尸能否了解她是否发生过性关系？"

"六年前？你疯了。不管怎么样，我说了，时机合适的话。"

"那是什么意思？"

"这个女孩到达了性高潮，所以不能及时做出反应。"

"继续。"

"他抓起刀子。"

"停，如果他裸着身体，那他从哪儿拿的刀子？"

"我上哪儿知道去！听着，如果你再打断我，我就给你讲《白雪公主与七个小矮人》的故事。"

"不好意思，请继续。"

"你自己想去吧。他从哪儿拿起了一把刀子，割断她的喉咙，把她往前一推，他向后一跳。他等她流血过多而死，然后在地面上铺了一大块塑料纸。毕竟，有很大的空地。"

"等一下，在拿塑料纸之前，他戴上了手套。"

"为什么？"

"因为塑料纸上没有指纹，阿克告诉我的，胶带上也没有。"

"看见了吧，这都是有预谋的。他口袋里还装着手套。我可以继续吗？"

"嗯。"

"他裹起尸体，放在箱子里。然后穿上衣服，血可能没有弄到衣服上。"

"女孩的衣服呢？内裤和鞋呢？"

"现在的女孩穿得都很少，一个塑料袋就可以装下了。"

"好吧。他为什么把衣服装起来了，而没有将它们放在箱子里呢？"

"我不知道。可能是不理智的行为，杀人犯的行为一般都不太合乎常理，这点你比我清楚得多。够了吗？"

"嗯，不够。"

"或者他是个恋物癖，常常取走女孩的衣服，闻衣服的香味，通过手淫来满足自己内心的欲望。"

"但你是怎么得出这个结论的呢？"

"你是说手淫吗？"

帕斯夸诺用幽默的语气说道："我在向你重现案情。"

"通过观察她脖子上的刀痕，再加上那个女孩低着头，额头在胸前，这让我发现了事情的端倪。凶手没准儿打了她的右脸颊，然后割了她的喉咙。"

"她身上有什么特别的地方吗？"

"是为了确定身份吗？她做过阑尾切除手术，右脚先天畸形。"

"也就是说？"

"大脚趾内翻。"

"通俗点儿说呢？"

"大脚趾向里弯。"

※

突然，他想起来自己还有件必须立马做但却忘了做的事情。他安慰自己，只是因为天气太热，而不是因为自己年龄大了。倒霉的大热天让人感觉像吃过三片安眠药一样。

"坎塔雷拉，来我办公室。"

他马上进来了。"长官，请吩咐。"

"帮我在电脑上查点儿东西。"

"您想查什么，长官？"

"你看看之前有没有报道过一个十六岁的女孩失踪的案件。时间大概是一九九九年十月十三号或是十四号。"

"我马上去查。"

"风扇的事办得怎么样了？"

"长官，我给四个店铺打过电话，都卖完了，其中一个人告诉我，他那儿就只剩吊扇了。"

"什么玩意儿？"

"挂在天花板上的那种，我再去其他商店看看。"

※

警长又等了半个小时，法齐奥还是没回来，于是他便出去吃饭了。从上车到餐厅，这短短的距离足以让他的衬衫湿透了。

"长官，吃热饭实在是太热了。"恩佐说。

"你有什么好主意？"

"来点儿开胃菜怎么样？里面有龙虾、对虾、章鱼、凤尾鱼、沙丁鱼、扇贝和蛤蜊。"

"听起来不错，第二道菜是什么？"

"洋葱胭脂鱼，很爽口。最后，我妻子还做了清凉解暑的柠檬冰糕。"

※

或许是因为天气太热，或许是真的饿了，他觉得很累，于是便沿着码头直接回家了。

他有气无力地打开窗户和门，裸身躺在床上，盖着薄毯，睡了一个小时。他醒来以后，穿上泳衣，冒着心脏病突发的危险游了一阵子泳。

※

蒙塔巴诺终于觉得凉快了些，他回到屋里，感觉好像听到了利维娅的声音。做点儿什么呢？他决定放下自尊，给利维娅打个电话。

"哦，是你啊。"利维娅说，声音听着并不觉得惊喜，也没觉得开心。说实话，她的声音听起来冷冰冰的。

"旅途如何？"

"太可怕了，热得不行。车里的空调坏了，我们在格罗塞托的一家奥托格里尔便利店停下了车，布鲁诺在那儿丢了。"

"这孩子很擅长玩失踪。"

"好了，不要说风凉话了。"

"我只是实话实说而已。在哪儿找到的？"

"我们花了两个小时的时间找他。他藏在了一辆拖车的驾驶室。"

"司机呢？"

"他没有注意到，睡着了。好了，我得挂了。"

"你要干什么去？"

"我侄子马西米利亚诺在楼下等我。我只是凑巧接到了你的电话，现在要去拿些衣服。"

"你刚才去哪儿了？"

"和圭多和劳拉一起，在别墅里。"

"你现在要走了？"

"对，和马西米利亚诺。我们要坐他的游船兜一圈。"

"你们几个人？"

"只有我和他，再见。"

"再见。"

她的侄子马西米利亚诺到底从哪儿弄来的钱买一艘游轮？他没有工作，又挥霍无度。蒙塔巴诺还不如不打这个电话呢。

他正要出去，听到电话铃响了。

"喂？"

"首先，你是个不信守诺言的人！"

是利维娅，显然，她想跟他大吵一架。

"我？！"

"是的，你！"

"我怎么不守承诺了？"

"你向我发过誓，这个夏天在维加塔不会有凶杀案。"

"你怎么能说这种话！我发誓了？我可能说过，在这么热的天气里，想要杀人的凶手可能都会等到秋天再行动。"

"那为什么会在八月中旬？圭多和劳拉为什么会和受害者共

处一室？"

"利维娅，不要夸大其词了！共处一室？"

"本来就是。"

"听着,凶杀案发生在六年前的十月份。十月份,你听到了吗？我说的那话不光只有天气很热这一点。"

"我听着就是那个意思，都是因为你。"

"都是因为我？如果那个布鲁诺没有模仿霍迪尼的话，也不会这样。"

"霍迪尼是谁？"

"著名的魔术师。如果布鲁诺没有到地下室去，没有人会知道那里有一具尸体，你的朋友可能睡得正香甜呢。"

"你的这套言论真让人讨厌。"她挂断了电话。

※

他回到警局的时候已经是下午六点了。

他本来想早点儿去的，但出门的时候热极了，所以就又回到了房间。他脱下衣服，在浴缸里放上冷水，在里面泡了一个小时。

※

"喂，长官！长官！我找到她了，我找到那个女孩了！"

他张开双手，十指伸展，像一只孔雀。

"来我办公室。"

坎塔雷拉手里拿着一张表格，非常高兴，人们好像可以听到他的背景音乐《凯旋门》。

8

蒙塔巴诺看了一眼坎塔雷拉打印出来的文件：

卡泰丽娜·莫雷亚莱，人称"丽娜"

朱塞佩·莫雷亚莱和弗朗西斯卡·迪贝塔之女

一九八三年三月七日生于维加塔

居住于维加塔罗马街四十二号

于一九九九年十月十二日失踪

其父于一九九九年十月十三日报案称其失踪

身高：一米七五

发色：棕色

眼睛：蓝色

身形：苗条

特征：阑尾处有小伤疤，右脚大拇指内翻

注：公告由菲亚卡中央警局发布

　　　　　　　　　　　　※

　　他放下这张纸，双手捂着脸。她被割了喉，像一头羊或是其他什么动物一样。通过那张照片，他可以看到她的长相。很明显，他很确定，帕斯夸诺医生说的有对有错。

正确的是，她是被谋害的。错误的是，她为什么被谋害。帕斯夸诺假设她勒索钱财，但从她清澈的眼神中可以看出来,丽娜·莫雷亚莱绝不可能索要封口费。

即使确实是她自愿和凶手做爱，但她怎么会心甘情愿地跟他到一座违建的地下室呢？况且还要通过一个十分狭窄而危险的入口。最重要的是，那里一定漆黑一片。难道那个凶手拿着手电筒？

难道没有更好的地方了吗？他们不能在车里吗？皮佐区那么偏僻，这并不是什么大问题。

不，丽娜·莫雷亚莱一定是被凶手强迫进去的，而那里最终成了她的坟墓。

坎塔雷拉站在他旁边，看着女孩的照片。他之前可能没太注意过。

"她真漂亮！"他轻声说道，有些入迷。

的确是个容貌出众的女孩。她的脖子看起来像波提切利的油画里画的一样美。

不用再调查什么了。他要通知她的家人，让他们到蒙特鲁萨认领尸体。蒙塔巴诺觉得很心痛。

"她是如此美丽！"坎塔雷拉又小声说道。

警长抬起头来，发现他转过身去，用夹克的袖子擦着眼泪。

最好马上换个话题。"法齐奥回来了吗？"

"回来了。"

"你能帮我把他叫过来吗？"

法齐奥进来的时候，手里也拿着一张纸。"坎塔雷拉告诉我，女孩的身份确认了。我能看看吗？"

蒙塔巴诺把那张打印出来的照片递给了他。法齐奥看了看，然后还给了他。"可怜的孩子。"

"等我们抓住他的时候——我们一定会抓住他的，我一定要把他的脑袋砸烂。"警长平静地说道。他脑海里浮现出一个想法。"怎么样？"他继续说道，"他的父母向菲亚卡警察局报警后怎么样了？"

"我不知道，长官，这件事发生在各警所不分地域实施全面合作的时期，您还记得当时的混乱吗？"

"我怎么能忘呢？什么事都要干，什么事也干不成。不管怎样，我们可别忘了通知一下她的父母。"

"说到这儿，谁去通知她的父母呢？"

"你去吧。先通知托马塞奥。现在就去，电话通知。干完省心。"

法齐奥先跟检察官谈了谈，检察官想让他把文件通过邮件发给他。但是，通知受害者父母之前，警长想再跟帕斯夸诺讨论一下，再确定一下受害者的身份。

"坎塔雷拉！"

"长官，什么事。"

"拿着这个女孩的资料，立刻将资料发给托马塞奥检察官。"

坎塔雷拉把文件拿走之后，蒙塔巴诺继续跟法齐奥说道："你怎么花了一上午才找到这些名字？"

"长官，不是我找的，是斯皮特雷利找的。"

"他们没有电脑或其他文件管理系统吗？"

"有。但是，他们办公室只保存最近五年的信息，而那套房子是六年前所建……"

"其他的材料放在哪儿？"

"在斯皮特雷利的姐姐家里，因为他姐姐今天早上去蒙特鲁萨了，我们必须等她回来。"

"我就不明白了，他为什么要将文件保存在他姐家里呢？"

"我知道。"

"快说说。"

"因为金融警察。为了防止审计员的突然拜访。那样斯皮特雷利就有时间通知他的姐姐了。一旦他的姐姐收到通知，她就知道该带什么文件到办公室了。这说得通吗？"

"完美。"

"不管怎么样，那两个雇工……"法齐奥开始说。

"等一下，我们还没有说斯皮特雷利的事呢。"

"关于这个女孩的谋杀案吗？"

"不是。我现在想讨论一下房地产开发商斯皮特雷利，而不是那个喜欢未成年女孩的斯皮特雷利，那事儿放放再说。你了解到什么相关信息了吗？"

"长官，他一定有问题。我们骗他说阿拉伯人的验尸报告里没有发现酒精，只在衣服上发现了，但他没有反应。他应该感到惊讶，或者反驳我们说我们说的不对，而不是偷看我们。"

"所以，这个阿拉伯人死后，他们一定给这个可怜的人灌酒了，所以大家才认为他喝多了。"

"长官，您怎么看这件事呢？"

"你和斯皮特雷利出去的时候，我给包工头迪帕斯奎尔打了电话，审问了他。在我看来，那个阿拉伯人从没有保护设施的脚手架上掉下来，他的同伴们都没有注意到。或许他在某个隐蔽的地方独立工作。那个叫菲利贝托·阿塔纳西奥的门卫在人们都回家之后发现了他，然后给迪帕斯奎尔打了电话。迪帕斯奎尔又通知了斯皮特雷利。怎么了？你在听我说话吗？"

法齐奥看起来在走神。

"您说那个门卫叫什么？"

"菲利贝托·阿塔纳西奥。"

"您能给我一分钟的时间吗？"他起身出去，五分钟之后回来了，手里拿着一张打印材料，说："我很清楚地记得他。"

他把纸递给了蒙塔巴诺。菲利贝托·阿塔纳西奥曾因盗窃、严重恐吓、杀人未遂和持械抢劫获罪。照片上是个五十来岁的男人，鼻子很大，头顶光秃。他被归类为惯犯。

"很有用的信息。"警长说道，"门卫通知他们之后，他们看了看当时的情况，决定临时赶做一个护栏打掩护。但是，他们想等周日上再做这件事。于是，他们先给他灌了酒，然后便回家睡觉了。第二天早上，幸好有门卫，他们很好地解决了问题。"

"洛祖波内警长也掩盖了这件事。"

"你是这么认为的？你认识洛祖波内吗？"

"不认识，但我知道他是谁。"

"我认识他很久了，他不是……"

电话铃响了。

"长官？托马塞奥检察官打来电话，想跟您谈谈"

"接进来。"

"蒙塔巴诺吗？我是托马塞奥。"

"托马塞奥？我是蒙塔巴诺。"

检察官被弄得有点儿迷糊。"我想说……呃……没错，我看到打印的照片了。多漂亮的女孩啊！"

"没错。"

"被奸杀了。"

"帕斯夸诺医生告诉您，她被强奸了？"

"没有，他只是跟我说她被割喉了。但我的直觉告诉我，她被强奸了。事实上，这一点我非常确定。"

如果不是检察官夜以继日地发挥想象力，他怎么会将犯罪现场还原得如此详细。

此时，蒙塔巴诺想到一个非常好的主意，这样一来，他和法齐奥就不用再负责将这个悲伤的消息告诉这个女孩的父母了。"很明显，这个女孩有个双胞胎姐妹。有人告诉我，她比受害者还要漂亮很多。"

"还漂亮？真的吗？"

"很显然，是真的。"

"那样的话，她的双胞胎姐妹今年二十二岁了。"

"这样算起来是。"

法齐奥盯着他，目瞪口呆。警长到底想干什么？

一阵沉默。检察官一定是在盯着案件卷宗看，一想到马上可以看到她的双胞胎姐妹，哈喇子都要流下来了。然后他说："蒙塔巴诺，你猜怎么着？我觉得如果我亲自去告诉她父母……鉴于受害者年龄小……杀害手段残忍……"

"没错，检察官。您做事最妥帖，讲究方式方法。"

"是的，看起来，只有这样才行得通。"

然后他们挂断了电话。明白了警长的"把戏"之后，法齐奥笑了起来。"那个人，一听到女人就……"

"别管他了。他会冲到丽娜家，看看她到底有没有双胞胎姐妹。他打电话之前，我们说到哪儿了？"

"我们谈到了洛祖波内警长。"

"哦，对！洛祖波内就在附近。他很聪明，知道事情的真相。"

"这是什么意思？"

"就是说，洛祖波内警长很可能和我们想的一样，护栏是在事故后安上的，只是他没有理会。"

"他为什么要那么做？"

"或许是迪帕斯奎尔和斯皮特雷利让他那么做的。但我们还没法儿确定是不是警察总局或者所谓的中央司法部让他这么做的。"

"好吧，不管怎样，我们会知道真相的。"法齐奥说。

"为什么？"

"长官，您说您很了解洛祖波内警长，但您知道他娶了谁吗？"

"不知道。"

"拉特斯博士的女儿。"

"啊！"

不错，这是个好消息。

拉特斯博士是警局内务部的长官，大家都叫他"拉特斯长官"，因为他的行为方式十分谄媚。他是教徒，说话拿腔拿调，嘴边成天挂着"圣母玛利亚"。

"你知道斯皮特雷利的姐夫属于哪个政治党派吗？"

"您是说市长？阿里桑德罗市长是地方行政长官，恰好与拉特斯属于同一党派。而且，他是尊敬的国会议员卡塔帕诺的总代表，这能说明很多问题。"

杰拉尔多·卡塔帕诺负责管理库法罗家族和西纳格拉家族这两个维加塔黑手党，约束他们的行为。

蒙塔巴诺情绪低落。事情为什么总是一成不变？确切来说，为什么总是要面对复杂的关系网，黑手党和政治家、黑手党和商人、政治家和银行，还有洗钱人和放高利贷的人？

多么肮脏！腐败欺诈、花天酒地、罪恶纵欲的丛林！他想象了如下一番对话：

"要谨慎行事，因为 Z 是国会议员 Y 的人，还是 K 的女婿，而 K 是黑手党老大 X 的人。而且，Z 和国会议员 H 的关系很好。"

"那国会议员 H 不是反对党吗？"

"是的，但都是一回事。"

但丁是怎么说的来着？

唉，奴隶般的意大利，你哀痛之逆旅，你这暴风雨
中没有舵手的孤舟，你不再是各省的主妇，而是妓院！

意大利依然是奴隶般的社会，听从两位主人的安排——美国和
教会。因为舵手的原因，暴风雨已成为常事。还真不如没有舵手呢。
当然，意大利现在也有一百多个省份了，而妓院也在成倍增长。

"这六个雇佣工……"法齐奥继续说道。

"等一下，今晚的材料拿到了吗？"

"还没有，长官。"

"你愿意和我一起去蒙特鲁萨吗？"

"去做什么？"

"和门卫菲利贝托聊一下。我知道工地在哪里，迪帕斯奎尔
告诉我了。"

"长官，在我看来，您想做对斯皮特雷利不利的事。"

"一针见血。"

"算上我。"

"你要不要告诉我那些雇佣工的事？"

法齐奥不屑地看了他一眼。"长官，刚才我就想跟您说来着。"
他打开那张纸。"这是那些人的名字：安东尼奥·达利·卡尔蒂洛、
埃尔梅特·斯迈卡、伊尼亚齐奥·布泰拉、安东尼奥·帕萨拉奎、
斯特凡诺·菲奥里洛和加斯帕雷·米奇凯。达利·卡尔蒂洛和米
奇凯这两个人是最后完成工作的人，是他们两个将非法地下建筑
埋起来的。"

"如果我问你一个问题，你会如实回答吗？"

"我尽量。"

"你有没有深挖这六个人的资料？"

法齐奥脸上微微泛红。"嗯，长官，我查了。但是我没告诉您。"

"你之所以没告诉我，是因为你没有那个胆量。你知道他们现在的工作和住所吗？"

"当然，他们现在在斯皮特雷利的四个工地上呢。"

"四个？"

"对，长官。五天之后，第五个工地就要开工了。他和政治家、黑手党都有关系，这个人多能赚钱啊！不管怎样，斯皮特雷利告诉我，他喜欢用同一批工人。"

"除了那个阿拉伯人，他悄然无息地将他处理掉了。那两个人现在还在蒙特鲁萨的工地上班吗？"

"没有。"

"那就好。我想让你明天上午把他们叫来进行审问，一个十点钟，一个中午。不能太早，因为我们今晚可能要熬夜。他们必须来，不能找任何借口，必要的时候可以威胁他们。"

"我马上去做。"

"好，我要回家了。我们半夜十二点到办公室碰面，然后去蒙特鲁萨。"

"好的，我要穿上警服吗？"

"你在开玩笑吗？最好让他以为我们是流氓。"

※

坐在马里内拉家中的阳台上，他觉得有些冷，但这只是他自己的一种错觉，因为既没有海浪，也没有刮风。

阿德莉娜在给他做饭。洋葱和土豆煮了很久，然后用叉子捣烂搅和到一起，再加上些调料，包括橄榄油、一点儿醋、盐和现磨的胡椒碎。他想控制一下热量，所以就只吃了这么多。

蒙塔巴诺在外边坐到了晚上十一点，读了一本小说，那是一对瑞典夫妻写的。小说中对社会民主主义和政府进行了言辞激烈又合情合理的批判。蒙塔巴诺非常希望人们可以看看推理小说。大众一直觉得推理小说只是用来消遣娱乐的，其实不然。

十一点整，他打开电视，电视里正播放着《故事中的狼》，这是维加塔频道做的一部纪录片，讲述了尊敬的杰拉尔多·卡塔帕诺在蒙特鲁萨建了一个新的流浪狗收容所。

他关掉电视，简单洗漱了一下，然后便出去了。

※

二十三时四十五分，他来到了警局，法齐奥已经等在那儿了。他们都穿着薄夹克，短T恤。他们相视而笑，因为不谋而合的想法。每个在热天穿夹克的人都会引来注意，因为他们百分之九十九都会在腰间或口袋中装着左轮手枪。

他们也确实带着。

"开我的车还是您的？"

"你的。"

两人到工地大概用了半个小时的时间，工地在蒙特鲁萨老火车站旁边。

停稳后，他们下了车。工地四周围着隔板，高约两米，入口大门紧锁着。

"您还记得这儿以前是什么地方吗？"法齐奥说。

"不记得了。"

"帕拉佐纳·利纳雷斯。"

蒙塔巴诺想起来了。这里原来是个小型珠宝商场，是利纳雷斯——一个富有的硫矿商人——雇了设计过巴勒莫马西莫剧场的著名建筑师焦万·巴蒂斯塔·巴西莱建造的。之后，利纳雷斯家族走向没落，他的商场也是如此。当局没有修复它，而是决定将其拆除，重建八层高的公寓。文化部门太残忍了！

他们走向木门，从木板中间望去，没有灯光。

法齐奥轻推了三次大门。"这门从里面插着门闩呢。"

"你觉得可以爬过去打开门吗？"

"嗯，但不是从这里。这儿可能有车经过，我从后面的木板那边进去。在这里等我。"

"小心，可能会有狗。"

"应该没有，不然它早就叫了。"

开门之前，他有足够的时间吸一支烟。

9

工地里漆黑一片。但是，向右看可以看到一间棚子。

"我去拿手电筒。"法齐奥说。

他回来的时候，又用门闩插上了门，然后打开了手电筒。他们小心翼翼地从门口走向棚子，靠近后发现棚子的门是半掩着的。很显然，菲利贝托受不了屋里的闷热。他们听到他鼾声如雷。

"我们不能让他有思考的时间。"蒙塔巴诺在法齐奥耳边窃窃私语，"不要打开手电筒，手电筒的亮光会弄醒他。我们要出其不意。"

"没问题。"法齐奥说。

他们悄悄地进去了。棚子里满是汗臭味，酒味熏天，闻都能闻醉。菲利贝托穿着内裤，躺在野营床上，长得和档案里的照片一样。

法齐奥拿手电照了照周围：门卫制服挂在一个钉子上，屋里有一张小桌子和两把椅子，一个搪瓷脸盆放在铁脚架上，还有一个四方形桶。蒙塔巴诺抓起里面的液体闻了闻，是水。他不声不响地将水倒进脸盆，拿起盆，走向菲利贝托的床，猛地将水泼在菲利贝托的脸上。菲利贝托睁开眼睛，法齐奥打开手电筒照向他，他什么也看不清，闭上了眼睛，然后又睁开，用手捂着眼睛。

"谁……是谁……"

"喂！"蒙塔巴诺说，"别动！"

他举起手枪，菲利贝托本能地举起双手。

"你有手机吗？"警长问。

"有。"

"在哪里？"

"在我夹克里。"

夹克挂在钉子上。警长拿起手机，将手机扔在地上，用脚踩碎了它。

菲利贝托壮着胆子问："你们是谁？"

"老兄，起来。"

菲利贝托站了起来。

"转过身去。"

菲利贝托的手有些颤抖，他转过身背对着他们。"你们想要什么？斯皮特雷利一直按时交保护费啊！"

"闭嘴！"蒙塔巴诺命令道，"替自己祷告吧。"

他扳动了枪栓。

听到清脆的金属咔嗒声音，菲利贝托的双腿软了，跪倒在地。"上帝保佑！我什么都没干！你们为什么要杀我？"他颤抖地说道。

法齐奥踢了他的肩膀一下，他倒下了。蒙塔巴诺将枪放在他的脖子上。"你们听我说……"他说。然后他突然停下了。

"他死了还是晕倒了？"法齐奥弯下腰去摸他的颈动脉。

"他晕过去了，把他扶到椅子上。"

法齐奥把手电筒递给蒙塔巴诺，然后架起菲利贝托的胳膊，将他扶到了椅子上。但法齐奥不得不一直扶着他，因为他总是往一边歪。他们都注意到，他的内裤湿了。菲利贝托吓得尿裤子了。蒙塔巴诺走上去给了他一巴掌，他睁开眼睛一眨一眨地，不知道自己在什么地方，然后突然又哭了起来。

"不要杀我！"他喊道。

"你好好回答问题，我们就留你一条命。"蒙塔巴诺拿着枪指着他的脸。

"我回答，我回答。"

"那个阿拉伯人掉下来的时候，有护栏吗？"

"什么阿拉伯人？"

蒙塔巴诺把手枪对准了他的脑门。"那个阿拉伯民工掉下来……"

"噢，没有，没有护栏。"

"周日早上，你们又把护栏安上了？"

"是的，长官。"

"你、斯皮特雷利和迪帕斯奎尔，是吗？"

"是的，长官。"

"给他灌酒是谁的主意？"

"是斯皮特雷利的主意。"

"现在，你回答问题的时候可要小心了，不能有任何差错。工地上早就有装护栏的原料吗？"

这个问题对蒙塔巴诺来说很重要。一切都取决于菲利贝托的回答。

　　"没有，长官。斯皮特雷利现订的，周日上午拿来的。"

　　这是警长最想听到的答案。

　　"谁提供的？哪家公司？"

　　"里包多公司。"

　　"签收据了吗？"

　　"签了，长官。"

　　蒙塔巴诺窃喜，他的问题不但一针见血，还挖出了他想知道的事情。为了斯皮特雷利，他们需要再添点儿戏剧色彩。

　　"你们为什么不从米卢松买材料？"

　　"我怎么知道？"

　　"我们跟斯皮特雷利说过好多次了，你们要用米卢松的材料！必须用米卢松家的！但是，不，不……他居然想跟我们玩花样，看来他是不知道我们的厉害呢。所以，我们要杀了你，这样他才会知道。"

　　他绝望了，困兽犹斗地一窜而起。但是，他还没来得及做什么，法齐奥便从后面用棍子猛击了他的后颈。

　　门卫倒下不动了。

　　他们跑出去，打开车门，钻进了车里。法齐奥发动了车，蒙塔巴诺说："看到了吧，如果你跟他好好说，你能挖出你想知道的事情吗？"

　　他们没再说话。

※

他们回到了维加塔。法齐奥评论道："简直就跟美国大片似的！"发现警长只是沉默地坐在那里以后，他又问道："您是在算我们今晚犯了多少错误吗？"

"还是不要想了。"

"菲利贝托的回答让您失望吗？"

"不，我很满意。"

"那您怎么了？"

"我不喜欢这种方式。"

"我很确定，他没有认出我们。"

"法齐奥，我不是说我们做错了什么，我是不喜欢这种方式。"

"您是说我们对待菲利贝托的方式？"

"嗯。"

"但是，长官，那个人是罪犯。"

"那我们不是吗？"

"如果我们不那么做，他就不会说的。"

"这不是个好理由。"

"那您想让我们怎么做？回去向他道歉？"法齐奥停顿了一下，说道。

蒙塔巴诺没有说话。一分钟后，法齐奥说："长官，对不起。"

"噢，没事的！"

"您觉得斯皮特雷利会相信我们是米卢松的人吗？"

"他要用两三天的时间才能弄清这件事和米卢松无关。对我们来说，两三天足够了。"

"有件事我还是不明白。"法齐奥说。

"什么事？"

"他需要建材的话，为什么他宁可去找里包多，也不让人从其他工地调些材料呢？"

"那样就把其他工地的其他人也牵扯进来了。斯皮特雷利一定是觉得知道这件事的人越少越好。很明显，他肯定信得过里包多。"

※

晚上，蒙塔巴诺选择让自己的思想休息一下。他并不害怕，他困极了，便沉沉睡去。当蒙塔巴诺从五个小时的睡眠中醒来时，他感觉自己好像已经睡了十个小时那么久。早上，万里无云，蒙塔巴诺的心情很不错。然而，即使在大清早，天气也已经很热了。

蒙塔巴诺一到办公室就给马歇尔·阿尔贝托·拉加纳打了电话。他是一位金融警察，曾经帮过蒙塔巴诺好多次。

"蒙塔巴诺！听到你的声音真是又惊又喜！有什么好消息吗？"

"很不幸，并没有什么好消息。"

"说吧，不管是不是好消息。"

"你知道维加塔的里包多公司吧，就是那个建筑材料公司？"

拉加纳突然咯咯地笑了起来。"你肯定知道我知道他们。他们售出的建材没有发票，还逃税、做假账……我们也正打算在接下来的几天里更新一下他们的资料。"

真的是好巧。

"那具体是什么时候？"

"三天之后。"

"能不能早点儿开始，比如说，从明天开始？"

"但是明天是八月十五，到底怎么回事儿？"

蒙塔巴诺向他解释了现在的情况并跟他说了自己想知道的内容。

"我觉得后天可以开始。"拉加纳最后说道。

※

"长官？您今天上午十点要见的达利·卡尔蒂洛已经到了。"

"你拿到被杀女孩的信息表了吗？"

"拿到了，长官。"

"拿过来，让法齐奥来我办公室，然后把那个人也叫进来。"

坎塔雷拉先把达利·卡尔蒂洛带进了办公室，然后出去取了文件送回来，蒙塔巴诺把文件放在办公桌上。最后，坎塔雷拉又出去把法齐奥叫了进来。

达利·卡尔蒂洛胖乎乎的，五十来岁，一头浓密的短发中没有一丝银发，留着十九世纪土耳其人经常留的那种胡子。看得出来，他很紧张。

不过，无缘无故被叫到警察局，谁不紧张呢？等一下，无缘无故？斯皮特雷利会不会已经跟他说了他被叫到这里来的原因，所以他才紧张？

"达利·卡尔蒂洛先生，斯皮特雷利先生有没有告诉你来警局的原因？"

"没有，长官。"

他对蒙塔巴诺说这句话的时候看起来很真诚，不像是在撒谎。

"你还记得六年前在斯皮特雷利先生的一个工地上干过活吗？当时，你们在马里纳蒙泰雷亚莱皮佐区建过一座房子。"

听到蒙塔巴诺这样说，达利·卡尔蒂洛脑海中浮现出了那栋房子的样子，他的嘴边浮起一丝微笑。"所以说，你们发现了违建的那一层？"达利问道。

"是的。"

"当时是老板让我那样做的，我得听老板的。"

"我并没有指责你什么，我只是想了解一些信息。"

"如果是这样的话，那您随便问。"

"是你和你的工友加斯帕雷一起把底下违建的房间用沙子盖起来了吗？"

"是的，先生。"

"你们两个在整个施工过程中都在一起吗？"

"不是。最后那天，我十二点半就离开了，加斯帕雷一个人完成了剩下的工作。"

"你为什么提前走了？"

"斯皮特雷利让我去做其他事情了。"

"但是那时候，斯皮特雷利已经离开了，是吗？"

"是的。但是离开之前，他已经交代了我们要做的事情。"

"你能向我们描述一下你们那天是怎样进出地下那层的吗？"

"我们用木板做了一个类似于水管的倾斜通道，就像上汽船时过的通道一样。从窗户能钻进小浴室。"

也就是布鲁诺掉进去的那个窗户。

"通道有多高？"

"不高，不到一米，通过的时候必须弯着腰。"

"跟我讲讲，为什么要建这样一个通道？"

"斯皮特雷利让我们建的。他还让工长检查覆土的压力会不会破坏底层房间的内部，还有潮气什么的。"

"工长是迪帕斯奎尔？"

"是的，长官。"

"然后他来检查了？"

"是的，第一天结束的时候来的。但是，他让我们继续施工，因为一切正常。"

"最后一天他来了吗？"法齐奥插话道。

"最后一天上午我在的时候他没来。可能他下午过去了吧，但到底去没去你们得问加斯帕雷了。"

"你还是没有解释清楚你那天提前走了是因为什么。"

"剩下的事情没有多少了。只要用板子和塑料封上窗户，拆掉通道，把土弄平整就行了。"

"你注意到客厅里的箱子了吗？"

"看到了。是主人让我们把箱子放在那里的，但是我想不起房主的名字了。他让我和另外一个叫斯迈卡的人一起搬的。"

"箱子那时候是空的吗？"

"肯定是。"

"好的，谢谢。你可以走了。"

达利·卡尔蒂洛愣了一下，无法相信自己这就可以走了。"祝你们今天过得愉快，再见！"说着，他跑了出去。

"你知道为什么斯皮特雷利没有提前告诉他审讯的内容以及要怎么回答吗？"蒙塔巴诺问道。

"不知道。"

因为他太精了。他知道达利·卡尔蒂洛并不知道谋杀的事情。因此，他觉得还是让达利·卡尔蒂洛把他知道的事情都说出来比较好。

※

加斯帕雷四十来岁，红头发，大概连一米四都不到。他双臂修长，但双腿佝偻，看起来像只猴子。如果达尔文见到他的话，肯定会开心地上前拥抱他。加斯帕雷肯定不用弯腰就能通过地下通道。他也有一点儿紧张。

"你们让我整个上午都不能上班了！"

"加斯帕雷先生，你知道我们今天为什么传你来吗？"

"我不仅知道，还知道为什么。斯皮特雷利在我来之前已经告诉我了，关于那座违建的房子。"

"斯皮特雷利还告诉你什么了？"

"嗯？还有别的什么吗？"

"听着，十月十二号是那个工程的最后一天，你那天是什么时候回家的？"

"那不是最后一天，第二天我也去过。"

"去干什么？"

"做前一天下午没有完成的工作。"

"什么工作？"

"那天下午，当我回去工作的时候，迪帕斯奎尔，也就是工头来了。他告诉我不要拆掉那个通道。"

"为什么？"

"他说要等几天，看看是否有渗透，之后再拆。而且他还说，房主下午想亲自过来检查一下。"

"所以你怎么办了？"

"我还能怎么办，我走了。"

"接着说。"

"那天晚上，大概九点之后，迪帕斯奎尔打电话跟我说我第二天可以去拆通道了。因此我就去了。我用板子封上窗户并盖上了塑料，然后就拆了那个通道。我正要整平盖在房子上面的土时，来了三个人。"

"什么人？"

"拆施工围挡的人，然后我开着平土机绕着房子转了两圈。"

"什么是平土机？"法齐奥问道。

"类似于压路机。"

"压路机？"

"是的，只不过没那么大。完工之后我就回家了。"

"带着平土机回家？"

"没有，应该是拆围挡的队伍开着他们的卡车一起带走才对。"

"你在十三号上午进过房子吗？"

"斯皮特雷利也问过我这个问题。没有进去，因为并没有任何要进去的理由。"

如果他进去过，至少会注意到客厅里的血泊。但他看起来也没有说谎。

"你注意到那儿有个箱子了吗？"

"看到了，那是房主的。"

"是的，斯佩恰莱搬下来的，你打开过吗？"

"那个箱子？没有，我知道箱子是空的。我为什么要打开？"

蒙塔巴诺没有说话，他拿起女孩的信息表，递给了加斯帕雷。

加斯帕雷看着女孩的照片，注意到了她失踪的日期，然后将表格还给蒙塔巴诺警长。他看起来很震惊。"那件事和这件事有什么关系？"

这时，法齐奥开口了。"那个十三号上午，如果你打开了箱子，说不定你就看到这个女孩了。她的喉咙被割了，还被用胶带缠了起来。"

加斯帕雷的反应和他们预期的并不一样。他猛地站起来，脸色越来越紫，双拳紧握，咬牙切齿，像一头野兽。蒙塔巴诺甚至害怕他会跳上桌子。

"混蛋！"

"谁？"

"斯皮特雷利。他明明什么都知道，却什么都不告诉我！看他跟我说话那样，肯定是想陷害我！"

"坐下，冷静！说说看，为什么你认为斯皮特雷利要陷害你？"

"他想让你们认为是我杀了那个女孩！那天我回家后，迪帕斯奎尔留在那里。我回家之后工地上发生的事情，我一无所知！"

"你在工地周围见过这个女孩吗？"

"从来没有！"

"十二号下午下班之后，你做过什么，还记得吗？"

"我怎么会记得？都是六年前的事了！"

"努力回想回想，加斯帕雷先生。这可是和你自身利益密切相关的。"法齐奥说道。

加斯帕雷突然大发雷霆。他突然跳了起来，法齐奥还没来得及阻止他，他已经冲向门口，脑袋猛地撞到了办公室的门上。在法齐奥努力拽回他并让他坐下的时候，门开了，坎塔雷拉一脸疑惑地站在门口。

"长官，您叫我了吗？"

10

蒙塔巴诺和法齐奥一边劝，一边推推搡搡，又是哄，又是用手铐吓唬，加斯帕雷才慢慢平静下来。五分钟之后，他双手抱着头，像是在集中精神思考。加斯帕雷开始自言自语："等等……等等……"

"撞了一下脑袋仿佛把他的记忆都带回来了。"蒙塔巴诺对法齐奥说道。

"等等……我认为是同一天……是的……是的……"他又站起来了，但是蒙塔巴诺和法齐奥迅速按住了他。他们现在已经掌握了制服他的技巧。

"我只是想给我老婆打个电话。"

"好吧。"警长说道。

法齐奥给他拿来电话。加斯帕雷开始拨号。但是，他太紧张了，号都拨错了，电话打到了一家杂货店。他再次拨号，结果又拨错了。

"让我来帮你拨号吧。"

加斯帕雷告诉他号码，手里握着话筒。

"卡尔梅利纳？是我。你还记得六年前咱儿子米其林诺摔断腿那天吗？不要管我为什么问你这个，就说你还记不记得？你不记得是不是六年前了？那就好好想想。是的？是不是十月十二号？是吗？"

他挂了电话。

"我现在全都想起来了。那天，因为我回家早，到家后就躺下睡觉了。然后，卡尔梅利纳哭着把我叫醒了。米其林诺从自行车上摔了下来，摔断了腿，所以我带他去了蒙特鲁萨医院，我妻子和我一起去的。我们一直在医院待到了晚上，你可以查查记录。"

"我们会查的。"法齐奥说。他和蒙塔巴诺交换了个眼神。

"现在，你可以走了。"蒙塔巴诺说道。

"谢谢。我要去给斯皮特雷利一个耳光，被开了也不怕！"他咬牙切齿地离开了。

"他走的时候就像从牢笼里逃出去了一般。"法齐奥说。

"你为什么认为斯皮特雷利并没有告诉他谋杀案的事情？"蒙塔巴诺问道。

"因为斯皮特雷利已经走了，他肯定不会知道加斯帕雷儿子摔断腿的事情。他坚信加斯帕雷一定没有不在场证据。"

"所以，也就是说，加斯帕雷是对的。斯皮特雷利是想将事情推到他的身上，但问题是，为什么？"

"可能是因为他认为迪帕斯奎尔和这件事有关。而和加斯帕雷这样的穷光蛋相比，斯皮特雷利更在乎迪帕斯奎尔。或许迪帕斯奎尔了解斯皮特雷利的一些勾当。"

"没错。"

"那我应该做些什么？要把迪帕斯奎尔叫回来吗？"

"你怀疑他吗？"

就这样，工头也被牵扯进来了。

※

到常去的餐厅吃饭之前，警长在坎塔雷拉的工作隔间处停了下来，总机接线员立刻注意到了。

"别紧张，我就是想问问，电扇是怎么回事？"

"哪儿都买不到了，长官，包括蒙特鲁萨。他们说三四天之后才会到货。"

"到时候我们都已经烤熟了。"

坎塔雷拉陪着他走到门口，站在那里看着他。

警长打开车门的时候，一股热气向他袭来，他都不想进到车里了。可能走着去餐厅更好，步行也就只有十五分钟的路程，毕竟道路两旁有很多树荫。于是，他迈开了双腿。

"长官！您要走着去吗？"

"是的。"

"等一下。"

坎塔雷拉跑回警局，出来的时候手里拿着一顶绿色的帽子，就是棒球运动员戴的那种。他把帽子递给警长，说道："给，戴上这个吧！"

"不用了吧。"

"长官，您会被晒伤的！"

"晒伤也比戴着这个帽子强，弄得跟开会似的。"

"长官，您要去哪里？"

"不用管，没事的。"

※

低着头走了五分钟之后，他听到了一个声音："要吗？"

他抬起头。是一个阿拉伯人在卖太阳镜、草帽和泳衣。然而，他脸旁边的一个小物件吸引了警长的注意力，那是一种迷你风扇，带电池的。

"我要那个。"他指着迷你风扇说道。

"这是我的，不卖。"

"你还有别的吗？"

"没有了。"

"你说吧，多少钱？"

"五十欧元。"

"五十欧元太贵了。"

"三十欧元怎么样？"

"四十。"

蒙塔巴诺付了四十欧元，拿着迷你风扇吹着脸继续走。他不敢相信，这小小的风扇居然会这么凉爽。

坐下后，他只点了一道主菜。幸亏有这个迷你风扇，这一路上很惬意，他途中还在石头上坐了一会儿。

※

迷你风扇上有一个夹子，蒙塔巴诺可以将它固定在办公桌上。毫无疑问，这个小风扇确实缓解了办公室里的炎热。

"坎塔雷拉！"

"可真有聪明人啊！"看到迷你风扇后，坎塔雷拉如是说。

"法齐奥在吗？"

"在，长官。"

"让他进来。"

法齐奥也夸了夸风扇。

"你花多少钱买的？"

"十欧元。"

他不好意思说自己其实是花四十欧元买的。

"在哪里买的？我也想去买一个。"

"从某个路过的阿拉伯人手里买来的。不好意思，独此一份。"

电话响了。

是帕斯夸诺医生打来的。警长开了免提。

"你还好吗，蒙塔巴诺？"

"还好，问这个干什么？"

"呃，因为你今天早上没来督促我干活，我有点儿担心。"

"验完尸了吗？"

"不然我给你打电话干什么？难道是为了听你迷人的嗓音？"

他一定是发现了什么重要的线索。

"快告诉我！"

"首先，那个女孩吃的东西已经都消化完了，但是还没有排泄。因此，她可能是在下午六点或者更晚，比如说，晚上十一点前后被杀的。"

"我认为是下午六点左右。"

"那就是你的事情了。"

"别的还有吗？"

医生非常不情愿地说："我错了。"

"关于什么？"

"女孩还是处女。我非常确定。"

蒙塔巴诺和法齐奥非常震惊地看着彼此。

"什么意思？"警长问道。

"你不知道处女是什么意思吗？好吧，那你一定知道女人还没有过……"

"你知道我指的是什么，医生。"现在，蒙塔巴诺并没有心情开玩笑。帕斯夸诺没有说话。

"如果女孩还是处女的话，那么我们推想的杀人动机就不对了。"

"你知道你是运动会冠军吗？"

蒙塔巴诺看起来有点儿错愕。"什么意思？"

"你是百米冲刺的冠军。"

"为什么？"

"你跑得太快了，亲爱的。你的思维太快了，不是非要让你立刻就得出结论的。你怎么了？"

我怎么了？我只是年纪越来越大了。虽然身为警官，但这个案子给我的压力太大了，我想快点儿结案。警长暗想。

"因此，"帕斯夸诺继续说，"我可以确定，那个女孩子被杀的时候，她的确是处女。"

"那你就给我解释解释，凶手为什么要脱掉她的衣服，如果他并不打算强奸她？"

"因为我们没有发现任何衣物，所以我们不能确定凶手在杀她之前强迫她脱掉了衣服，或者在杀掉她之后脱掉了她的衣服。总之，衣服并不重要，蒙塔巴诺。"

"你这样认为？"

"当然！和凶手把尸体缠起来并装进箱子里一样，并不那么重要。"

"他这样做不是为了把尸体藏起来？"

"你知道吗，蒙塔巴诺，你脑子转得有点儿慢啊。"

"可能是因为我老了，医生。"

"想什么呢？凶手为什么要大费周章地把尸体放进箱子里，却还要留下一大摊血呢？"

"好吧，你认为他为什么要把她装进箱子里呢？"

"你处理过那么多凶杀案，现在反倒来问我？是为了把尸体藏起来不让他自己看到，而不是不让我们发现！尸体会让人觉得压抑。很具体、很真实的压力！"

帕斯夸诺是对的。

他们经常会遇到那些手法娴熟的凶手，也都是把被害人的脸盖起来，尤其是女性被害人，凶手经常用手边的一个破布袋、毛巾或者床单盖住。

"你必须从我们现在已经确定的线索开始想，"医生继续说道，"即凶手切断女孩喉咙的位置。仔细看就能发现。"

"我知道你想表达什么。"

"如果你终于明白了的话，大方跟我说吧。"

"可能是凶手到最后一刻也没办法强奸她，因此，他正处在一种无法控制的愤怒当中，于是他掏出刀子……"

"从心理学上分析，这种情况就是他们所说的对性欲的一种替代。"

"我通过测试了吗？"

"可能还会有其他假设。"帕斯夸诺继续说道。

"什么假设？"

"凶手对她进行了口交。"

"我的天！"法齐奥自言自语道。

"什么？"蒙塔巴诺说道，"你在我耳边说了这么久，就为了到最后才告诉我你一开始就应该告诉我的内容？"

"只是我并不是十分确定。我没有什么事实根据。毕竟时间已经过去了那么久。但是，有几个非常细小的证据让我有这种猜测。提醒你一下，我说的是猜测。"

"所以，总结一下，你不会把假设条件句转化成现在时，是吗？"

"坦白来说，是的。"

※

"情况越来越糟了。"警长挂断电话之后，法齐奥懊恼地说道。

蒙塔巴诺依然在沉思。

法齐奥继续说："长官，您之前跟我说过，抓住凶手的时候，您要打碎他的脑袋，您还记得吗？"

"我记得，而且我要再强调一遍我说过的话。"

"我能加入进来吗？"

"当然。你传唤迪帕斯奎尔了吗？"

"今晚六点，他下班之后就会来。"

正当法齐奥准备离开房间的时候，电话响了。

"长官，托马塞奥检察官的电话。"

"接进来。"蒙塔巴诺说。然后，他转身对法齐奥说："你也听着。"他打开了电话免提。

"蒙塔巴诺？"

"检察官？"

"我们已经去过死者在马里内拉的家了，也已经告诉他们这个糟糕的消息了。"他的声音有些悲伤。

"检察官大人，真是辛苦您了。"

"情况很糟糕，你知道的。"

"我可以想象。"

然而，托马塞奥还是想详细地告诉蒙塔巴诺自己在莫雷亚莱家里痛苦的经历。

"可怜的弗朗西斯卡女士，死者的母亲，当场就晕倒了。还有死者的父亲，你肯定不相信，他听到消息后就开始在屋子里胡乱走动，自言自语，最后竟然站不住了。"

托马塞奥等待着蒙塔巴诺的回应。

"真是可怜！"

"这些年来，他们一直都希望自己的女儿还活着……这意味着什么，希望……"

"总是最后才破灭。"蒙塔巴诺补全了他没有说完的话。陈词滥调，多这句嘴干什么。他禁不住骂了自己一句。

"那是肯定的，我亲爱的蒙塔巴诺。"

"所以他们肯定不能来辨认尸体了，是吗？"

"不，最后他们还是来辨认尸体了。死者的确是卡泰丽娜·莫雷亚莱！"

蒙塔巴诺和法齐奥困惑地看着彼此。为什么托马塞奥叽叽喳喳像只鸟似的？毕竟现在处理的案子并不是什么值得开心的事情。

"我自作主张用自己的车把阿德里亚娜带过来了。"托马塞奥继续道。

"等一下，阿德里亚娜是谁？"

"你什么意思？阿德里亚娜是谁？不是你告诉我说死者有一个双胞胎姐姐吗？"

蒙塔巴诺和法齐奥不解地看着彼此。这个家伙在说什么？或者他正以其人之道还治其人之身？

"你是对的。"托马塞奥继续道，他现在带着一丝兴奋，好像中了彩票似的。"那个女孩子真的是很漂亮！"

这就解释了他刚才为什么一直在叽叽喳喳。

"她在巴勒莫学机械，你们知道吗？她真是个坚强的女孩，非常有魅力。尽管这样，她认尸后还是有点儿崩溃，我安慰了半天。"

可以想象，这个检察官是怎样使出浑身解数来安慰这位漂亮姑娘的。

他们说了再见，然后挂断了电话。

"不可能！"法齐奥说，"你一定知道死者还有一个双胞胎姐姐。"

"我发誓我不知道。但这是一条很重要的线索，死者很有可能向她吐露了不少心声。你能不能给莫雷亚莱家打个电话，问问看明天上午十点左右我能不能过去拜访一下。"

"即使明天是八月十五？"

"你认为他们会去哪里？他们正在哀悼。"

法齐奥出去了，五分钟之后又回来了。

"你知道吗？阿德里亚娜亲自接的电话。她说你不去他们家可能会更好。现在，她父母情绪很不好，不适合谈话。她提议自己一个人来警局，就在明天的这个时候。"

※

等迪帕斯奎尔期间，警长给奥罗拉房地产公司打了电话。"卡雷拉先生吗？我是蒙塔巴诺。"

"有什么消息吗，警长？"

"还没有，你呢？"

"我有。"

"我敢打赌，你肯定把房屋违建的事情告诉了古德龙·斯佩恰莱女士。"

"的确是。我被箱子里的尸体吓到了，等我缓过来以后，我就问她来着。都怪我太好奇了！"

"你又能怎么做呢，卡雷拉先生？很不幸，这是正常人都会做的事情。"

"人总是好奇的！您也知道，有段时间，当我还是个孩子的时候……"

"但是，你正跟我说的是你给古德龙打电话的事情。"

他最不想听到的就是卡雷拉先生的童年趣事。

"啊，是的。但是，我并没有跟她说起那个被杀的女孩。"

"你是对的，古德龙的决定是什么？"

"她教我怎么按部就班地获得特赦，并且让我把文件寄给她，她好签字。"

"听起来，这是最明智的做法。"

"是的。不过，她后来又发来电报说，之后她会授予我代售房屋的权利。但是，您知道我是怎么想的吗？我差不多已经决定要自己买下那套房子了。您认为怎么样？"

"你是房地产经纪人，一定会做出最正确的选择。再会。"

"等一下，还有一件事我必须告诉您。因为我真心建议她不要卖房子……她却回答说她不想再听到房子的任何消息了。"

"你问她这是为什么了吗？"

"问了。她说她会写信告诉我为什么。今天早上，我收到了她的邮件，里面解释了她为什么想卖房子。我想这封邮件可能对您有用。"

"对我有用？"

"是的，她说她儿子拉尔夫已经死了。"

"什么？！"

"是的，大概两个月之前，他的遗骸被发现了。"

"他的遗骸？你的意思是说，他已经死了很长时间了？"

"是的。很明显，拉尔夫是在和斯佩恰莱先生回来的路上死的。她甚至寄来了一张附有译文的德国报纸。"

"什么时候给我看看那份报纸？"

"今天晚上吧，下班之后，我去一趟警局，把报纸放到门卫那里。"

为什么六年过去了才发现了尸体，或者说残骸？

11

迪帕斯奎尔走进警长办公室后的表情让他更加确定了。

"请坐。"

"会花费很长时间吗？"

"了解完情况就行了。迪帕斯奎尔先生，在我们谈论皮佐的房子之前，既然你现在过来了，我想先问问你，在哪里或者怎样才能找到蒙特鲁萨工地的门卫？"

"那个该死的阿拉伯人的案子还没结吗？洛祖波内警官……"

蒙塔巴诺假装没有听到他同事的名字。"告诉我在哪里可以找到他，还有他的全名，你上次告诉过我，但是我忘了，因为我没有记下来。法齐奥，这次一定要记下来。"

"好的，长官。"

刚才的即兴表演还不错。

"长官，我会通知门卫您要见他。他的名字是菲利贝托·阿塔纳西奥。"

"不好意思，现在工地已经关了，你平时都怎么联系他？"

"我有他的手机号码。"

"请给我号码。"

"没用的，某天晚上……某一天……我是说，他的电话掉到地上摔坏了。"

"好吧，那你亲自过去告诉他。"

"好的。但是，我先跟您说好，他两三天之内来不了。"

"为什么来不了？"

"他得了疟疾。"

看来门卫吓得不轻，都病了。

"那这样吧，等他好点儿了，让他给我们打电话。现在该谈谈我们之间的问题了。我们让你来是因为今天早上我传唤了两个泥瓦匠，分别是达利·卡尔蒂洛和加斯帕雷，他们当时也在皮佐那栋房子的工地上。"

"长官，别浪费口舌了。我知道发生了什么事情。"

"谁告诉你的？"

"斯皮特雷利。加斯帕雷冲进斯皮特雷利的办公室，疯了似的打斯皮特雷利，把他的鼻子都打出血了。加斯帕雷认为斯皮特雷利想陷害他。不过，他现在得做好要饭的准备了，因为他再也不会有活儿干了。"

"斯皮特雷利又不是镇上唯一的建筑商。"法齐奥说。

"是，但只要我或者斯皮特雷利一句话，他就找不到活儿干。"

"所以，你们是要把他赶到大街上？"

"那是您说的。"

"我应该记下你刚才说的话，然后采取适当的措施。"蒙塔巴诺说道。

"什么意思？"迪帕斯奎尔警觉地问了一句。跟警长威胁的词句相比，更让他害怕的是警长严肃的口气。

"意思就是，你当着我们的面说你会让加斯帕雷找不到工作，你这是威胁证人。"

"证人。什么证人？我怎么觉得您说的是一个蠢货！"

"我不允许你用那种口气跟我说话！"

"不管怎样，我威胁他并不是因为他在警察局说了什么，而是因为他打了斯皮特雷利。"

这个工头真是聪明。

"这个话题跳过。斯皮特雷利告诉我，皮佐区的那个房子是在十月十二号完工的。你们也都确认过了。但我们从加斯帕雷那里听到的却是直到十三号上午才完工。"

"有什么区别吗？"

"那就是我们说了算了。斯皮特雷利可能不知道工程拖延到了第二天，因为他已经离开了。但是，你知道吗？"

"知道。"

"事实上，并不是你决定要延长工期的，是吗？"

"不是我。"

"为什么你之前没告诉我们？"

"我忘了。"

"你确定？"

"上次我来的时候，你们也没有告诉我有个女孩子被杀了。"

这个混蛋竟然还敢还击。

"迪帕斯奎尔,我们不是叫你来玩的。你告诉我们一件事情,我们就还你一件。不管怎样,你来的时候就已经知道了。当然,关于那个死去的女孩,斯皮特雷利已经告诉你了。而你却表现得好像什么都不知道一样。"

"我应该说什么?什么也不说?"

"不!你确实说了一些事情。"

"什么?"

"你努力给你自己制造了不在场证明。你说在皮佐的工程完工之前,斯皮特雷利派你去了费拉的一个新工地。那为什么,在十月十一号和十二号下午,你确实在皮佐而不是在费拉?"

迪帕斯奎尔甚至不想找借口解释。"长官,您得理解我,斯皮特雷利告诉我尸体的事时,我吓坏了,于是就编了个故事。但是,我知道你们早晚都会查出来那是我编的。"

"告诉我们到底发生了什么。"

"好吧。十一点的时候,我去了那栋破房子。我想去检查检查是不是有湿气或者渗漏,还去了客厅,但并没有发现什么异常。"

"那第二天呢,十二号?"

"我是下午过去的,我告诉加斯帕雷不要拆通道。然后他走了,我又在那儿待了一个半小时等斯佩恰莱。"

"你们进去检查过吗?"

"进去了。但一切都是正常的。"

"客厅也是吗?"法齐奥问道。

"是的,客厅也是。"

"然后呢？"

"最后，斯佩恰莱来了。"

"他是怎么来的？"

"开车来的。他在这里租的车。"

"他的继子和他一起吗？"

"是的。"

"那是几点？"

"大概四点。"

"你们到房子底层去了吗？"

"我们三个都去了。"

"你们用什么照明？"

"我有一个很大的手电筒，斯佩恰莱也有一个。他检查得很仔细。他是一个吹毛求疵的人，很固执。然后，我问他我们能不能把通道拆掉了，他说可以。他最后又看了看，我们就出去了，我和斯佩恰莱先生互相道了别，然后就走了。"

"拉尔夫呢？"

"他向继父要了手电筒，然后就留在了底层。"

"做什么？"

"不知道。他只是喜欢待在下面。他翻看了所有包起来的箱子，然后大笑。我没告诉你们他是个疯子吗？"

"所以，你走后，斯佩恰莱和拉尔夫留在了皮佐？"

"是的。斯佩恰莱有钥匙，这是肯定的。"

"你还记得你离开的时候大概是几点吗？"

"大概是五点。"

"那天晚上，为什么你一直到九点才告诉加斯帕雷可以拆掉通道了？"

"我给他打了至少三个电话，他一个也没接！直到晚上才联系上他。"

这里倒是能讲得通，因为加斯帕雷和他老婆整个下午和傍晚都在医院。

"你离开皮佐后去干什么了？"

迪帕斯奎尔咯咯地笑了。"你想要我的不在场证明？"

"你最好能有不在场证明。"

"有，我去了斯皮特雷利的办公室。他说他会给我——我和他的秘书——打电话，大概在六点到八点之间。"

"但是那个时候他还没到曼谷。"法齐奥说。

"当然没有，但是他的航班停在了什么地方，我也叫不上名字。斯皮特雷利知道航线。他经常去那些地方。"

"他打电话了吗？"

"打了。"

"是很重要的电话吗？"

"很重要。关于即将签订的一个政府合同。如果我们拿到了，我就会主管一些事情。"

比如说，可以买通西纳格拉家族、库法罗家族、市长以及其他管账的人。警长心里这么想着，嘴上却并没有这么说。

"所以，我现在想知道，你拿到了吗？"法齐奥问道。

"十二号那天，他们还没决定，直到十四号才决定。"

"对你有利吗？"法齐奥又问了。

"是的。"

你当然也不会做对自己无利的事。法齐奥心想。

"那你告诉斯皮特雷利了吗？"

"告诉他了，第二天就说了。我们给曼谷酒店打了电话。"

"我们是指谁？"

"我和他的秘书。总之，如果你们想知道我走了之后在皮佐发生了什么，你就得问德国的斯佩恰莱先生了。"

"你不知道吗，他已经死了？"

"什么？他有心脏病吗？"

"没有，他从自家的楼梯上摔下去了。"

"好吧，你们可以找拉尔夫呀。"

"拉尔夫也死了。一个半小时之前，我刚得到的消息。"

迪帕斯奎尔愣了。

"什么？"

"他和继父一起上的火车，但他没到科隆就死了。他一定是摔下了火车。"

"所以，皮佐的房子被诅咒了！"工头说道，有点儿不安。

还用你说！蒙塔巴诺心想。然后，他拿起死者的信息表，递给了迪帕斯奎尔。迪帕斯奎尔看着照片，脸变得像火一样红。

"你认识她吗？"

"认识。她住在皮佐区泥土路上最后一栋房子里，有个双胞胎姐妹，就在我们建的那栋房子前面。"

所以，这就是为什么失踪人口的报告是在菲亚卡。那时，蒙泰雷亚莱就在它的管辖范围之内。

"这就是那个被杀的女孩？"迪帕斯奎尔问道，他手里还拿着那张信息表。

"是的。"

"我很确定……"

"说！"

"你记得我上次跟你说过的吗？这就是拉尔夫裸着身体追的那个女孩，斯皮特雷利救了她。"突然之间，迪帕斯奎尔意识到他犯了错误，他不假思索的回答，一不小心把斯皮特雷利也牵扯进来了。他想尽力挽回。"或者可能不是这样。事实上，也许是我搞错了。但的确就是这对双胞胎姐妹，我很确定。"

"你经常见到这对双胞胎姐妹吗？"

"经常，不，偶尔吧。要去皮佐的话，一定会经过她们家。"

"那为什么加斯帕雷说他从来没有见过她们？"

"长官，那个泥瓦匠通常早上七点就到工地了，那个时候，双胞胎们肯定还在睡觉。而且他下午五点下班，那时候，那两姐妹肯定还在沙滩上玩呢。但是，我经常从工地上来来回回的，所以会见到她们。"

"那斯皮特雷利呢？"

"他不经常来。"

"谢谢，你可以走了。"蒙塔巴诺说道。

"您觉得迪帕斯奎尔的不在场证据怎么样？"他走后，法齐奥问道。

"可能是真的，也可能是假的。关键就在于斯皮特雷利的那通电话，不知道是否真的有。"

"我们可以问问秘书。"

"你在开玩笑吗？秘书肯定会完全按照斯皮特雷利告诉她的去说。否则的话，她一定会被解雇。现在，工作这么不好找，你觉得她会让自己陷入危险之中吗？"

"我有一种感觉，目前为止，我们并没有取得什么进展。"

"我也有这种感觉。我们明天听听阿德里亚娜怎么说。"

"您能不能给我解释一下，为什么想和门卫谈话？"

"我并不想和门卫谈话，我只是想看看迪帕斯奎尔的反应。不知道他有没有怀疑那天晚上是我们去找了门卫。"

"他看起来并没有意识到是我们。"

"他们迟早会想明白的。"

"那时候他们会怎么做？"

"在我看来，他们不会露出马脚。斯皮特雷利会继续向保护他的朋友们抱怨，而且他们会采取行动。"

"什么行动？"

"法齐奥，我们等着他们来打爆我们的头，然后我们就开始哭。"

"好的。"法齐奥说，"我要……"

突然，如炮弹似的一阵响声打断了他的话。办公室的门狠狠地撞到了墙上。坎塔雷拉站在那里，一只胳膊抬起，拳头紧握，另一只手里拿着一个信封。

"很抱歉，声响有点儿大，长官。有人送来了这封信。"

"给我，然后赶紧走，在我给你一枪之前消失。"

这是一个很大的信封，里面是从德国寄来的两页信，收信地址是卡雷拉房地产公司。

"法齐奥，待在这儿，听着。这里面有拉尔夫死亡的新闻，是卡雷拉寄给我的。"

蒙塔巴诺开始大声读信。

亲爱的先生：

你好。三个月前，我在读报纸的时候正好看到一则新闻，新闻的具体内容附在本信之后。

看到这则新闻时，我有一种感觉，感觉这副残骸就是我的儿子，我可怜的儿子，我已经等了他这么多年。

我请求将残骸的 DNA 和我儿子的 DNA 做比对。比对的过程真的很漫长，我等了很长时间。

最后，几天前，我收到了对比的结果。

对比数据显示，这确实是我儿子的残骸，一点儿也没差，就是我的儿子拉尔夫。

因为没有发现衣物的痕迹，而当时，拉尔夫正在从意大利回家的火车上，所以警察认为，拉尔夫可能是晚上起来去厕所，结果一不小心打开车门摔出去了。

西西里的房子给我们带来的只有厄运。我的儿子拉尔夫死了，而我的丈夫奥杰洛，在去过西西里，又经历了拉尔夫的失踪之后，像变了一个人一样。

所以，我要卖掉这栋房子。

在接下来几天的时间里，我将寄给你房屋的相关文件：设计图纸、许可证、土地注册表，以及和斯皮特雷利公司之间签署的相关合同。将来，如果你要卖掉这栋房子的话，肯定需要这些材料。

古德龙·瓦尔泽

新闻原稿译文如下：

发现无名男性残骸

前天，在一处浓密树丛——大概位于科隆郊外二十公里处的铁路路堤附近——发生了火灾，消防人员在一处半遮掩的树丛里发现了一具人类残骸。残骸附近并没有发现任何衣物或者身份证明，因此，残骸的身份无法确认。

验尸官确认此残骸为年轻男性，死亡时间至少为五年。

"从火车上摔下来？骗鬼呢。"法齐奥说。

"我也这么觉得。警察说拉尔夫起床去厕所，但是，上厕所需要全裸吗？万一他去上厕所的路上遇到什么人呢？"

"您怎么认为？"

"这也都是我们的猜测。我们永远无法证明或者确证了。可能拉尔夫看到了漂亮的女孩，然后就脱光了衣服准备亲她，这都说不准，就像迪帕斯奎尔说的那样，结果可能正好撞见了女孩的丈夫、父亲，或者男朋友，就直接被扔出车窗了。"

"这脑洞开得有点儿大了。"

"还有一种可能的解释，自杀。"

"为什么自杀？"

"我们针对现有的事实来做一个假设。十月十二号那天下午，奥杰洛·斯佩恰莱和他的继子还待在皮佐，就他们两个人，正如迪帕斯奎尔说的那样。假如说，奥杰洛出去晒太阳，而拉尔夫朝着受害人房子的方向散步。别忘了，迪帕斯奎尔告诉过我们，拉尔夫曾经试图拉住受害人。这样，如果拉尔夫正好撞见了她，而这次他不想再让她逃跑了。他用刀威胁受害者，逼着她进入地下的房间。就在那里，悲剧发生了。他把女孩用塑料纸裹好，装进箱子，拿上她的衣服，放在了房子的某个地方。然后又走到阳台陪伴奥杰洛，留受害者一个人在底下。后来，继父发现了女孩的衣服，可能是他们在这里待着的最后一天才发现的。或许衣服上还带着鲜血。"

"但是，不是他让被害者自己脱下衣服的吗？"

"这点我们还不清楚，也可能是事后才脱的衣服。他如果要对她图谋不轨的话，完全没必要把她的衣服全都脱掉。"

"那又是怎样结束的呢？"

"是这样结束的：在回德国的火车上，奥杰洛逼着拉尔夫坦白。承认了一切之后，拉尔夫跳下火车自杀了。但是，我还可以告诉你另外一种可能，如果你感兴趣的话。"

"是什么？"

"奥杰洛自己把拉尔夫扔出了窗外，杀死了这个禽兽。"

"这有点儿太牵强了吧，长官！"

"不管情况是怎样的，别忘了古德龙太太信中写道，她的丈夫回到科隆之后说他再也不想离开了。所以，这之前肯定发生了什么事。"

"您说得真对！肯定发生了什么。这个可怜的家伙第二天早上醒来发现继子不见了。"

"总之，你认为斯佩恰莱不是凶手？"

"不可能。"

"但是，要知道，在古希腊悲剧中……"

"长官，我们现在是在维加塔，不是在希腊。"

"告诉我实话，你喜欢这个故事吗？"

"拍成电视剧还不错。"

12

这是漫长的一天，八月的炙热把天都拉长了。蒙塔巴诺有点儿疲倦，但这一点儿也不影响他的胃口。

他打开烤箱，失望地发现里面什么都没有。但是，当他打开冰箱的时候，他看到了沙拉，里面有鱿鱼、芹菜和西红柿，就差一点儿橄榄油和柠檬，加进去拌拌就可以了。阿德莉娜给他准备了凉菜，真是明智。

这时，阳台上吹来了一阵微风。热气依然像夜幕一样笼罩着他，紧紧包裹着，让人无处可逃。有点儿风总比没有好。

他脱掉衣服，穿上泳衣，冲进水里，潜入水底。他游了很长时间，上岸踱了会儿步。之后，他进入房间，在阳台摆好桌子开始用餐。吃完之后，他还是感觉饿，于是又做了一盘橄榄和奶酪，此时真的需要一瓶好酒。

阳台上的风从刚开始的若有若无，慢慢地大了起来。

他决定利用这段没有闷热烦扰的时间，好好琢磨一下手头上的案子。他把桌子上的盘子、餐具和杯子都拿走，放上了几张纸。

因为不喜欢做笔记，所以他决定给自己写封信，他经常这样做。

亲爱的蒙塔巴诺：

我不得不说，或许是因为到了现在这个年纪，或许是因为过去几天实在太热，你的思维并没有散发出它本该有的光芒，而是变得缓慢而迟钝。在和帕斯夸诺医生谈话的时候，你应该也发现这一点了吧？你跟他斗嘴从来没有赢过。

帕斯夸诺就受害者的衣服被拿走这一点提出了两个假设：一，凶手失去理智；二，凶手有恋物癖。这两种假设貌似都有道理。

但是，还有第三种可能。这种可能是在你和法齐奥说话的时候突然想到的，凶手拿走衣服可能是因为上面沾了血渍，血渍是在凶手割破女孩喉咙的时候溅上去的。

但是，也可能不是这样的。你得往回想想。

你自己发现尸体的时候，或者是你假装让卡雷拉发现尸体的时候，你看见大摊的血迹了吗？你没有看到是因为那些血迹用肉眼是看不到的。法医组的人是通过鲁米诺试剂发现的。

如果凶手真的把大摊的血留在那里，那么，即使是六年之后，也会有一些干血渍，但事实上并没有。

这意味着什么？

这意味着，凶手杀死女孩之后，把她缠裹起来塞进了箱子里，然后用她的衣服擦地。但是，那只是把表面的血泊擦了。后来，他把她的衣服沾了一点儿水，因为水龙头是能用的。最后，他把擦过血的衣服装进了他找到的或者他随身带着的塑料袋里。

现在的问题是，他为什么不直接将装着衣服的袋子扔在尸体上呢？

答案是：如果他要这么做的话，他就还得重新打开箱子。

对于凶手来说，这是不可能的，因为这样做意味着他要重新面对他不想面对的现实。帕斯夸诺说得对，凶手把尸体装进箱子是为了不让自己看到，而不是为了不让别人发现。

还有一个重要的问题，虽然已经问过了，但还是值得再重复一遍：真的有必要杀死被害人吗？如果真的有必要的话，为什么？

关于原因，帕斯夸诺提到了威胁和突然发现自己性无能而导致的愤怒和不理智。

我的答案是：有必要杀死她。然而，是一个完全不同的理由。

即：受害人和凶手很熟。

凶手肯定逼着女孩进入了地下室，而一旦进入了地下室，她就无处可逃了。如果凶手让女孩活命的话，她肯定会指控他强奸或者强奸未遂。因此，当凶手把女孩带到地下室的时候，他可能已经知道，除了强奸，他还要杀了她。这不是什么问题。是预谋杀人。

这就回到了最重要的问题上：谁是凶手？这就要用排除法了。

凶手肯定不是斯皮特雷利。即使你确实看不惯他，你确实想找个理由治治他，但有一个铁一般的事实：十二号下午，斯皮特雷利不在皮佐，而是在飞往曼谷的航班上。还有一点别忘了，对于斯皮特雷利来说，这个年纪的女孩已经太老了。

加斯帕雷也有不在场证明：他整个下午都在医院。这是可以查证的，但是，查这个肯定很浪费时间。

迪帕斯奎尔说他有不在场证明，他下午五点离开皮佐，去了斯皮特雷利的办公室等着接老板的电话。晚上九点，他给加斯帕雷打了电话。但是，他没有告诉我们他去了斯皮特雷利的办公室之后做了什么。他说老板和他约好在六点到九点之间通电话。假如说，电话是六点半打来的，之后，迪帕斯奎尔离开办公室去找受害者。他认识她，问她要不要一起回皮佐。受害者接受了他的提议……这样一来，迪帕斯奎尔就有大把的时间给加斯帕雷打电话了。

拉尔夫。他在迪帕斯奎尔走后和他继父在皮佐待了很久。他也认识受害者，曾经还想骚扰她。如果事情真的就像你跟法齐奥说的那样呢？他的死仍是个谜，可能在一定程度上与愧疚、自责有关。虽然拉尔夫有动机，但说他是罪犯也只是揣测，毕竟死无对证。他死了，他的继父也死了。他们都不能告诉我们发生了什么。

结论是：迪帕斯奎尔应该是头号嫌疑人，但你并不确定。

保重。

萨尔沃

他正在脱泳衣，准备上床睡觉。这时，他突然想跟利维娅说说话。他给她打了电话，响了很久，没人接。

怎么会没人接呢？是她乘的船太大了所以听不到电话铃响吗？或者是她太忙了，忙着做其他事情，没有时间接电话？

他很生气，正准备挂断电话的时候，利维娅的声音传来了。"你好，哪位？"

她什么意思？哪位？她难道没看到电话上显示的来电号码吗？或者她没看到上面的字吗？

"是我，萨尔沃。"

"哦，是你呀。"

不是失望，是冷漠。

"你在干什么？"

"睡觉。"

"在哪里？"

"在甲板上。我睡着了。这里很静，很美……"

"你在哪儿？"

"我们的船正开往撒丁岛。"

"马西米利亚诺在哪儿？"

"我睡着的时候他就在我旁边。现在他……"

他挂断了电话，还拔掉了电话线。

该死的马西米利亚诺到底在那里做什么？给她唱摇篮曲吗？他气哄哄地去睡觉了。他竟然睡着了，真是上帝庇佑。

※

醒来之后，他去游了个泳，但是没用；他又去冲了个凉，也没用。水本来应该是凉的，但是事实上，房顶水箱里的水很热，热得都能煮饭了。他只能尽量少穿，但还是没用。一踏出屋子，他就不得不承认，做这些都是徒劳的，热浪又回来了。于是，他重新回到屋子，拿了件衬衣、内裤和购物袋里的一条很薄很薄的裤子，然后又出门了。

到警局的时候，衬衣都已经湿透了，内裤紧紧地贴在屁股上。

坎塔雷拉想站直了打招呼，但是他做不到，又蔫蔫地坐到了座位上。"啊，长官，长官！我快死了！我快热死了！"

"闭嘴！"

他走进浴室，把衣服都脱下来洗了个澡，然后穿好衬衣、内裤和裤子，回到了办公室，打开了迷你风扇。"坎塔雷拉！"

"来了，长官！"

坎塔雷拉进来的时候他正在关百叶窗。

"听您吩咐……"他很虚弱，左手扶在办公桌上，右手托着额头，眼睛闭着，看起来像十九世纪演员指南上的插图，配文说明是"吃惊沮丧"。"上帝，上帝，上帝呀！"他用意大利语说道。

"坎塔，你生病了？"

"上帝！长官，太可怕了，热气钻进我的脑袋了。"

"你怎么了？"

"没什么，长官，我很好。我的耳朵，我的眼睛都还很好。"他站着没动，眼睛紧紧地闭着，手放在额头上。

"听着，浴室里有我刚刚换下的衣服。"

"您换衣服了？"坎塔雷拉说道。他看起来好些了，睁开了眼睛，手也从额头上拿了下来，正盯着蒙塔巴诺看，仿佛以前从来没有见过他似的。"您真的换衣服了？"

"是的，坎塔。我换衣服了，为什么这么吃惊？"

"没什么奇怪的，长官。我有点儿糊涂了，因为您刚来的时候我明明看到您穿的是另外一套衣服，结果等我进办公室的时候却发现您穿着现在这套衣服，我还以为我被热得眼都花了。真好，原来是您换了衣服！"

"听着，进去拿上那些衣服，把它们挂到外面晾干。"

"我会弄好的。"他出了办公室，正准备关门，警长叫住了他。

"就让门开着吧。"

外面的电话响了，是米米·奥杰洛打来的。

"萨尔沃，你最近怎么样？我去你家了，但你没在。然后我就想起来你并不在乎什么八月十五，因此……"

"你说对了，最近怎么样呀？孩子呢？"

"看吧，萨尔沃，别提了。你知道吗？我们一到这里孩子就发烧了。假期全泡汤了。昨天才退烧，明天就要回去上班了……"

"我理解。在我看来，如果你愿意的话，可以多待一个星期。"

"真的吗？"

"真的。替我向宝宝问好，替我亲亲你儿子。"

五分钟之后，电话又响了。

"啊，长官！局长说有紧急情况。"

"跟他说我不在。"

"那我应该告诉他您去哪儿了？"

"去看牙医了。"

"啊，您牙疼吗？"

"不，坎塔，就是个借口。"

即使是八月十五，他也不让人消停。

※

他一直在签文件。这些文件就像法齐奥说的，已经堆积了好几个月了。一抬头，他正好看到坎塔雷拉从走廊里向他的办公室走来。但是，为什么他走路的方式很奇怪呢？他想着想着就明白了。

坎塔雷拉，他走路像是在跳舞，对，是在跳舞。他踮着脚，胳膊伸开，走几步就停下来旋转。难道热气真的钻进了他的脑子吗？进办公室之后，警长发现他的眼睛紧闭。老天爷，他到底怎么了？他难道在梦游？

"坎塔雷拉！"

坎塔雷拉走到办公桌前，睁开眼睛，有点儿晕，表情有点儿茫然。"啊？"他回应道。

"你到底怎么了？"

"啊，长官。有个女孩，您一定得亲眼看看，她和死者长得一模一样！天哪！她长得太美啦，从来没见过比她还美的！"

这里一定要强调一下，她真的很美，所以坎塔雷拉走起路来才会像跳舞，他一定是想入非非了。

"让她进来，然后把法齐奥也叫进来。"

他看到她正从走廊走过来。坎塔雷拉走在她前面，身体不自觉地往前倾，有点儿奇怪，好像要替女孩清扫一遍她要走的路似的。或许他是在铺开一张看不到的地毯？

随着女孩越走越近，她的身形、眼睛和发色都越来越清晰。警长慢慢站起来，慢慢感受到自己正在坠入一种充满喜悦的虚无之中。

　　天蓝色的眼睛

　　金黄色的头发

　　是谁赋予你如此大的魅力

　　让我不能自已

佩索阿的四行诗节在他的头脑里挥之不去。他慢慢找回自己，从虚幻中回到了办公室。

但是，他只有给自己一个低俗的、沉重的打击，才能从虚幻中找回自己，那就是，她的年纪几乎可以做他女儿了。

"我是阿德里亚娜·莫雷亚莱。"

"萨尔沃·蒙塔巴诺。"

"对不起，我来晚了，但是……"

她迟到了半个小时。

他们握了握手，警长浑身被汗浸湿了，而阿德里亚娜看起来却很干净。她很清爽，身上有一股清新的香皂味，好像她不是从外面进来，而是刚刚沐浴过似的。

"请坐。坎塔雷拉，你通知法齐奥了吗？"

"啊？"

"你通知法齐奥了吗？"

"早就通知了。"

他走出去的时候面向女孩，尽情地欣赏着女孩的美丽。

蒙塔巴诺借此机会观察着她，她也让他打量。她一定是习惯了被人打量。

修长的双腿上穿着低腰的浅蓝色牛仔裤，裤腰正好盖住肚脐，再配上一双凉鞋。很明显，她没有穿胸罩。她的脸上没有任何化过妆的痕迹。她什么修饰也不用就已经很美了。好一个清水出芙蓉，天然去雕饰。

盯着她看了一会儿之后就会发现她和照片上她死去的妹妹的区别，毕竟已经过去六年了，而这六年对于他们一家肯定也特别不容易。她们的眼睛的形状和颜色一模一样，但是，妹妹眼睛里的纯真在她的瞳仁里已经找不到了。坐在警长面前的这个女孩的嘴角已经挂上了一丝丝皱纹。

"你和父母一起住在维加塔吗？"

"没有，我很快就意识到，我的存在对于他们来说是个痛苦的记忆。他们看到我就会想到我死去的妹妹。因此，我考上大学——我在学习机械专业——之后，在巴勒莫买了一栋房子，但我经常回家。我不忍心让老人孤单。"

"你现在大几？"

"大三。"

法齐奥进来了。尽管坎塔雷拉已经提醒过他了，但是，看到她的时候他还是震惊了一下。"嗨，我叫法齐奥。"

"我叫阿德里亚娜。"

"法齐奥，能不能把门关上？"警长说道。

有个漂亮女孩在警长办公室这个消息一传开，仅仅五分钟的时间，办公室门口就已经堵满了人，比交通高峰期堵的车还要多。

法齐奥关上门，坐在警长桌子前的另一把椅子上。但是，这让他和女孩成了面对面。于是，他往回拉了拉椅子，挪到了桌子的一角，这样可以离警长更近一点。

"警长，不好意思，没有让你去我们家。"

"没关系，我能理解。"

"谢谢，现在随便问吧。"

"托马塞奥检察官告诉我是你去辨认尸体了，这一定很艰难吧？真的很抱歉，职责所在。很抱歉还得再问你一些问题。"

此时，阿德里亚娜做出了法齐奥或者警长都没有意料到的举动，她转过头去大笑起来。"老天爷，你的口气和他一模一样！跟托马塞奥一模一样！句子都一样。难道你们都上过什么专门的培训课程吗？"

蒙塔巴诺立马就觉得很反感，他觉得这是个很放得开的女孩。反感是因为女孩拿他和托马塞奥作比较，放得开是说这个女孩不喜欢一本正经，因为说说了这几句正经的话就把她逗得笑成了这样。

"我说过了，"她继续说，"你可以问我任何问题。不必战战兢兢的，尽管问吧。这看起来也不像你的风格。"

"谢谢。"蒙塔巴诺说道。

法齐奥看起来也放松了不少。

"和你父母不一样，你一直觉得妹妹已经死了，是吗？"

这个问题一针见血，正是她想要的，也是在座的每个人都喜欢的方式。

阿德里亚娜开始崇拜警长了。"是的，但我不是觉得，我是知道她已经死了。"

蒙塔巴诺和法齐奥几乎同时有点儿要从椅子上跃起的感觉。

"你知道？谁告诉你的？"

"没人直接告诉过我。"

"那你是怎么知道的？"

"我的身体告诉我的。我的身体从来不对我撒谎。"

13

她什么意思呢？

"你能不能向我解释一下，你怎么就……"

"很好解释。因为我们是双胞胎。这个现象很难解释，但它时不时地发生在我们身上。它是一种令人费解的、远距离的情感沟通。"

"继续说。"

"好。但是首先，我想说明一下，不是说一个人膝盖受伤了，另一人即使在远处也会感受到疼痛。没有那样的事。我们之间更像是在传递一种强烈的情感。比如说，祖母去世那天，丽娜就在那儿，而我在费拉和表兄妹们玩。突然间，我的心头涌上了一股强烈的悲伤，我开始没有理由地哭泣。感觉就像丽娜在那时将她的情感传递给了我。"

"这种事情一直发生吗？"

"不，不总发生。"

"你妹妹失踪那天你在哪儿？"

"十二号早晨，我出门去看望住在蒙特鲁萨的叔叔和婶婶了。我原本打算在那儿待两三天，但在我父亲给叔叔打电话说丽娜不见了之后，我当天晚上就回来了。"

"你看……在十二号的……下午或者晚上……你和你妹妹之间……有没有任何形式的……沟通？"

蒙塔巴诺在组织问题的时候有点儿困难。阿德里亚娜帮他解决了问题。"是的，有。当天晚上七点三十八分的时候，我本能地看了一眼手表。"

蒙塔巴诺和法齐奥相互看了一眼。

"怎么了？"

"在我叔叔和婶婶的家里有一个专属于我的小房间。当时，房间里只有我一个人，我想挑一件要穿的衣服，因为有朋友请我吃饭。突然间，我就有了这种感觉，而且不同于以往，那是身体上的一种感觉。那个时候，她要被勒死了，不是吗？"

"也不全是。托马塞奥检察官怎么跟你说的？"

"他说她被谋杀了，但他没有解释她是怎么被谋杀的。他还跟我说了她被发现的地点。"

"当你去停尸房确认尸体的时候……"

"我只让他们给我看了她的脚。那就足够了。她右脚的大拇指。"

"我知道。但是之后，你没有问托马塞奥她是怎么死的？"

"听着，警长，在确认完尸体后，我唯一想做的就是尽快从托马塞奥手中逃离。他开始轻拍我的后背安慰我，但是之后，他的手开始向下滑，滑了很远。我是个规矩的女人，他很讨人厌。他还应该告诉我什么呢？"

"你妹妹被割了喉咙。"

阿德里亚娜脸色变得惨白，并且将手放到了自己的喉咙处。"我的天呐！"她低声道。

"你能告诉我你在那一刻的感受吗？"

"我的喉咙处感受到了剧烈的痛苦，我觉得不能呼吸，那感觉好像永远不会消散。但是那时，我并没有意识到那种疼痛会跟正发生在我妹妹身上的疼痛有关。"

"你觉得那和什么有关系呢？"

"要知道，警长，丽娜和我是同卵双胞胎，我们很像，但只是身体上的，我们在思想和行为上完全不同。比如说，丽娜从不做任何出格的事，毫不逾矩，而我正好相反。事实上，我那会儿就爱干点儿出格的事。例如，我偷偷吸烟。那天，我连续抽了三根烟，小卧室的窗户一直开着。毫无缘由，就是为了高兴。所以，当我感觉到喉咙痛时，我很自然地认为是吸烟导致的。"

"那你什么时候意识到它跟你妹妹有关？"

"之后立即意识到了。"

"为什么？"

"我将它同之前几分钟发生在我身上的事联系起来了。"

"你能告诉我们是什么事吗？"

"还是不要了。"

"你告诉过父母你和妹妹之间的感应吗？"

"没有。这是我第一次说。"

"你为什么不告诉他们呢？"

"因为这是我和丽娜之间的一个秘密，我们发誓不告诉任何人。"

"你和妹妹会向对方倾吐秘密吗？"

"怎么可能不呢？"

"你们会告诉对方所有的事情？"

"没错，所有的事情。"

接下来是最重要的问题。

"我要不要叫人从楼下咖啡屋送些喝的过来呢？"

"不用了，谢谢。我们可以继续。"

"你要回家吗？你的父母独自在家吗？"

"谢谢，不用担心。我叫了一个朋友去照顾我父母。她是个护士，所以他们没什么问题。"

"丽娜在最后几周内，是否向你提起过有人一直在骚扰她？"

阿德里亚娜做了和之前同样的事情。她把头扭向一边，笑了起来。

"长官，要是我告诉你，从我们十三岁开始，是个男人就会来'骚扰'我们，你会信吗？我觉得挺有意思，但丽娜特别反感，她对这种事很气愤。"

"有一个偶然事件引起了我们的注意，我们想了解更多情况。"

"我知道，你是说拉尔夫。"

"你认识他？"

"我想不认识他都难。他继父盖房子的时候，他隔三岔五在我们那里晃悠。"

"他都做过什么呢？"

"他过来以后会藏起来。等我们父母去镇上或者海滩之后，我们起床之后开始吃早饭的时候，他就会透过窗户窥视我们。我觉得很有趣。有时候，我会扔给他一些面包，他就跟小狗似的。他喜欢那种小把戏。丽娜却不能容忍他。"

"他神智正常吗？"

"你在开玩笑吗？他精神完全不正常。有一天，发生了一件更严重的事情。我独自一人在房子里，楼上的淋浴器坏了，我就去楼下洗澡。我出来的时候，他就站在那儿，全身赤裸着站在我面前。"

"他是怎么进去的？"

"就是从前门进来的。我本以为门是关着的，但实际上是半开着的。那是拉尔夫第一次进我家。"

"我身上甚至连一条毛巾都没有。他像条狗似的看着我，还让我亲他。"

"他说什么了？"

"他问我能不能亲亲他。"

"你不害怕吗？"

"不。我又不是被吓大的。"

"那么，结果呢？"

"我决定戏弄他一下。所以，我吻了他，轻轻一吻，对着他的嘴。他把手放在我胸上开始乱摸，然后他低下头，瘫坐在了椅子上。我跑上楼，穿好衣服，当我回来的时候，他已经走了。"

"你没想过他会强奸你吗？"

"从没想过。"

"为什么？"

"因为我很快就意识到他是性无能，从他看我的样子就知道。而且，当我吻他和他摸我时，我就更加确定了。他没有勃起，没有明显的生理反应。"

从他内心深处，警长清晰地听到了他先前的所有假设聒噪地散落成碎片的声音。拉尔夫强制那个女孩走进地下室，强奸她，杀了她，之后自杀，或者在被逼之下自杀……这些都被推翻了。他向法齐奥透露出一丝忧虑，而法齐奥看起来很困惑。

接下来，他崇拜地看着阿德里亚娜。他所遇到的女孩中，有多少能像她一样如此直截了当地讲话呢？

"你告诉丽娜这件事了吗？"

"当然。"

"那为什么当拉尔夫想亲她的时候，她却跑开了？她难道不知道他不会伤害到她吗？"

"警长，我已经说过了，我们两个不一样。丽娜并不是害怕，她只是觉得自己被冒犯了，所以才跑开了。"

"我得知那个开发商，斯皮特雷利……"

"是的，那个时候，他碰巧开车经过。他看见丽娜跑开了，而拉尔夫全身赤裸地在追她。他停下车，下车之后狠狠地推了拉尔夫一下，拉尔夫摔倒了。他弯下腰，俯视着他，从口袋里掏出一把刀，警告拉尔夫说如果他敢再来骚扰我妹妹他就宰了他。"

"接下来呢？"

"接下来，他让她上了他的车，带她回家了。"

"他待了很长时间吗？"

"丽娜说她给他倒了一杯咖啡。"

"他们之后有没有再见面，你知道吗？"

"知道。"

这时，办公室的电话响了。

"长官，长官，局长想跟您说话，并且很紧急。"

"你为什么不告诉他我还在看牙医？"

"我想这么说来着，但是他说别告诉他您还在看牙医，所以我只能说您在办公室了。"

"给我转接到奥杰洛的办公室，我去那里听。"他站起身来，"请稍等，阿德里亚娜，我会尽快回来。法齐奥，你随我来。"

在米米的办公室，阳光照射进来，屋里的气温让人窒息。

"您好，我能为您做些什么，局长？"

"蒙塔巴诺！你有什么想法？"

"关于什么？"

"你都懒得回答是吗？"

"回答什么？"

"那个调查问卷！"

"关于什么的？"

多说一个字都是很痛苦的事情。

"人事部门的调查问卷，我两周前发给你的。非常紧急！"

"我填好送过去了。"

"给我了？"

"是的。"

"什么时候？"

"六天以前。"一个天大的谎言。

"你那里有备份吗？"

"有。"

"如果我找不到你的问卷的话，我会再联系你，到时候你就把备份送过来。"

"好。"

他挂掉电话时，衬衫都已经湿透了。"你知道人事部门的调查问卷吗？局长两周以前派人送过来的。"他问法齐奥。

"是的，长官。我记得我给您了。"

"那我把它放哪儿了？我必须找到它并填好它。那家伙很可能半个小时内会再次打来电话。得快点儿去找。"

"但是那个女孩还在您的办公室。"

"我必须送她回家了。"

他们离开后，那个女孩一直待在原来的位置，看起来一动没动。

"听着，阿德里亚娜，我有点儿事，我们可以今天下午再见吗？"

"护士五点走，我得在那之前回家。"

"那我们约在明天上午好吗？"

"那时候是葬礼。"

"哦，那么，我不知道……"

"我想到一个主意，我请你们吃午饭。那样的话，如果你愿意的话，我们可以继续聊。"

"非常感谢。"法齐奥说道，"但是我得回家了。毕竟今天是八月十五号。"

"我很乐意来。"蒙塔巴诺说，"你打算带我去哪儿？"

"随你挑。"

蒙塔巴诺感到不可思议。他们约好在恩佐餐厅见面，时间是一点半。

"那个女孩有钢铁一般的胆识。"她走后，法齐奥自言自语道。

※

没别人在了，蒙塔巴诺和法齐奥搜遍了整个办公室都没有找到问卷，他们开始泄气了。桌子上到处都是纸，文件架上也有一堆纸，旁边还有水和杯子。文件柜顶上、小沙发上，还有两把椅子上都是纸。这两把椅子是招待重要客人用的。

他们花了半个多小时的时间才找到了调查问卷，出了很多汗。但最糟糕的还不只这些，他们在填问卷的时候出了更多的汗。填完问卷已经一点了。法齐奥打了声招呼就走了。

"坎塔雷拉！"

"我在这儿。"

"帮我复印一下这四页。然后，如果局长办公室打来电话询问调查问卷的事，把你复印好的文件送给他们。但一定要注意，送去的得是复印件。"

"放心吧，长官。"

"现在，去把晒干的衣服取回来给我。然后去把我的车门打开。"

在浴室里脱掉衣服以后，他感觉自己的皮肤都臭了。一定是因为他花了大力气找那份讨厌的调查问卷。他痛快地洗了个澡，换了身衣服，然后把汗水浸透的那套衣服给了坎塔雷拉，让他把它们晾在院子里。最后，他去了奥杰洛的办公室。他知道米米在抽屉里放了一瓶古龙香水。他找了一会儿找到了，"魅力香水"。他拧开盖子，本以为里面会有个滴管，结果一不小心倒了半瓶在衬衫和裤子上。现在该怎么办呢？要把被汗水浸透的衣服再拿回来穿上吗？不，也许可以把衣服放在流动的空气中，那样的话，古龙香水就会挥发掉。之后，他有一丝犹豫，他要不要带上迷你风扇呢？他决定不带。阿德里亚娜肯定会被笑死的。拿着那个神奇的小玩意儿对着脸吹，身上还散发着香喷喷的味道，跟个妓女似的。

尽管他让坎塔雷拉提前开门通风了，但进到车里还是跟进了火炉一样。但是，他不想走着去恩佐餐厅，尤其他现在已经迟到了。

※

在餐厅门前，阿德里亚娜正站在炙热的阳光下，因为餐厅已经关门了，她的身旁停了一辆"菲亚特"。他忘了恩佐餐厅在八月节这天不营业。"跟我来。"他对那个女孩说。

在马里内拉的酒吧旁边有一间餐厅，他从来没去过。但是，在车上，他注意到屋外的桌子都在荫凉处，罩着一个藤架。他们到那儿用了十分钟。虽然是假期，但餐厅里并没有太多人，所以他们可以选到一个位置比较偏的桌子。

"是不是因为我，你换了衣服，还喷了古龙香水？"阿德里亚娜淘气地问道。

"不是，是为了我自己。古龙香水是因为瓶子倒了，结果洒了我一身。"他严肃地说道。他感觉还不如让别人闻到的是汗臭味。

他们一直坐在那里，谁都没有说话，直到服务员过来推荐菜品。"我们有番茄酱意大利面、墨鱼汁意大利面、海胆酱意大利面和蛤蜊酱意大利面……"

"我要一份蛤蜊酱意大利面。"蒙塔巴诺打断了他，"你呢？"

"海胆酱意大利面。"

服务员开始推荐第二道菜。

"我们有咸烤鲻鱼、烤乌颊鱼、酱烧鲈鱼、烤比目鱼。"

"我们待会儿再点。"蒙塔巴诺说道。

服务员看起来有点儿不高兴。几分钟之后，他送来了餐具、杯子、水和冰镇白葡萄酒。

"要来一杯吗？"

"好啊。"

蒙塔巴诺给她倒了半杯，也给自己倒了半杯。

"这酒不错。"她说。

"我忘了我们之前说到哪儿了，你相信吗？"

"你问我斯皮特雷利和丽娜有没有再在其他场合见过面，我说见过。"

"哦，对。你妹妹说过什么吗？"

"她说在拉尔夫那件事之后，斯皮特雷利开始经常和她见面。"

"为什么呢？"

"丽娜感觉斯皮特雷利在跟踪她，因为两个人相遇得太频繁了。比如说，如果她坐公交车去镇里，回来的路上就会遇到斯皮特雷利，他会载着她回家。直到一周以前。"

"什么一周以前？"

"十月十二号的一周以前。"

"那丽娜会搭他的车回家吗？"

"偶尔。"

"斯皮特雷利守规矩吗？"

"是的。"

"你妹妹失踪的一周以前发生了什么？"

"发生了一些不愉快的事。那晚，天已经黑了，丽娜搭了他的车。但就在他们拐到去皮佐的小路上以后，就在那个农民——后来被抓起来了——家门口，斯皮特雷利停下车，开始在她的身上乱摸。就那样，非常突然，丽娜说。"

"你妹妹怎么做的？"

"她大声喊叫，那个农民从屋里跑了出来。丽娜趁机躲进了农民的屋子。斯皮特雷利被迫离开了。"

"丽娜是怎么回家的呢？"

"步行，那个农民走着送她回家了。"

"你说他被抓了？"

"是的，太不幸了。当警察开始找她的时候，他们也搜查了他的房子。结果，他们在某个家具下边发现了我妹妹的一只耳环。丽娜原本以为它掉在了斯皮特雷利的车里，没想到却掉在了那儿。所以我决定把斯皮特雷利干的好事告诉警察。但是没有用，你知道警察的那些事，对吧？"

"是的，我知道。"

"那个可怜的人被关了几个月。"

"他们有没有审问斯皮特雷利，你知道吗？"

"当然审了。但是，斯皮特雷利告诉他们，十二号上午，他去了曼谷，所以跟他没关系。"

服务员端上了意大利面。

阿德里亚娜尝了尝，说："味道不错，你要不要尝尝？"

"好啊。"蒙塔巴诺端过盘子，拿起叉子，卷起面条。没有恩佐家的好吃，但也还可以。"你尝尝我的。"

阿德里亚娜也尝了尝他的。

直到吃完，他们都没再说话，时不时地看看对方，笑一笑。

事情有点儿奇怪。他们用自己的叉子去吃对方的食物，这种行为建立起了彼此之间的信任感，还有一种之前并不存在的亲密感。

14

他们已经吃完好一会儿了，但依然坐在那儿聊天。两人都抿了一小口助消化的冰镇柠檬酒，蒙塔巴诺察觉到她在观察他，就像他在警局观察她那样。在那双蓝似大海的双眸的注视下，真的很难无动于衷。他点了支烟，纯粹是为了装出若无其事的样子。

"给我也来一根，可以吗？"

他把烟递了过去，她抽出一根放到双唇间，半站起身，弯腰前倾，借着警长的打火机点着了烟。

别忘了，她的年纪都能做你女儿了！警长告诫自己。

女孩的姿势让警长的心脏跳得飞快，胡子下的皮肤也开始冒汗。

她肯定知道自己这个前倾的姿势势必会把警长的目光吸引到自己宽松的上衣上。那她为什么要这样做？为了勾引他？但阿德里亚娜不像是这种耍弄手段的人。

不然就是她认为警长这把年纪的人不可能再对女人产生兴趣了？没错，肯定是这个原因。

他没来得及可怜自己，女孩接连吸了两口烟后，突然把手放在了他的手上。

他之前并没有看出阿德里亚娜很热，事实上，她看起来就像一只鲜艳的雏菊一样。但此刻，警长惊讶地发现，她的手很烫。难道这是两个人的体温融合到一起的效果？如果不是这样的话，那她体内流淌的血液该有多烫？

"她被强暴了，是吗？"

这是蒙塔巴诺时时刻刻都在期待却又很恐惧的问题。为此，他提前准备了一个绝佳的、缜密的回答，但现在全都被抛到了脑后。"没有。"他回答道。

他为什么要这样回答？为了不让美丽的女孩当着他的面离开？

"你在说谎。"

"相信我，阿德里亚娜，这是验尸结果。"

"说她是处女？"

"是的。"

"那就更糟了。"她说。

"为什么？"

"那样的话，暴行可能更为恐怖。"

他能感受到她滚烫的双手传递出的压力，那压力越来越强烈。

"我们能不这么拘谨吗？"

"只要你愿意。"

"我想跟你说一些别人不知道的事。"

她松开了他的手。瞬间，他感到一阵冰冷。她站起身，抓着椅子把手，把椅子搬到了蒙塔巴诺旁边，然后坐了下来。接着，她轻声地，如同低语般地说道："她很有可能被强暴了，这点我是确定的。在警局的时候，我不想当着别人的面告诉你。但现在不同。"

"你之前提到过，在你感到喉咙疼痛前的几分钟，你还有其他感觉。"

"是的，是极度强烈的恐惧感。为自己的生命感到恐惧，这在以前从来没有过。"

"试着跟我描述一下。"

"当我靠近衣柜的时候，突然在衣柜的镜子里看到了我妹妹。她非常难过，非常恐惧。接着，我深陷于黑暗之中，非常害怕，像是被什么泥泞的、恶毒的东西团团围住，没有光，也没有空气。那个地方，或许称不上地方，充斥着恐惧和暴力。就像噩梦一样。我想大声尖叫，但却叫不出声。而且有那么一阵子，我看不到东西。我四处摸索，靠着一面墙才没有跌倒。就在那会儿……"

她停下了。蒙塔巴诺始终没有开口，一动不动，前额冒出的汗滴落了下来。

"就在那时，我感觉受到了侵犯。"

"什么？"警长情不自禁地问出了这个问题。

"我的身体受到了侵犯，这很难用语言表达。有人用暴力残忍地占有我的身体，想要把它与我分离。他侵犯它、羞辱它、占有它，把它当作一个东西，一个物件……"她的声音沙哑了。

"够了。"蒙塔巴诺说道。他握住她的双手。

"事情就是这样吗？"她问道。

"我们是这么认为的。"

她为什么没有哭泣？她的眼睛更蓝了，嘴角的皱纹也更深了，但她并没有落泪。

是什么给了她如此巨大的力量，让她的内心变得如此坚韧？是因为她在丽娜遇害的那一刻就知道她死了吗？

或许，过了这么多年以后，悲痛和眼泪早已凝固，就像石头一样，再也不会因为替丽娜或自己感到惋惜而瓦解。

"你刚刚说你在镜子里看到了妹妹的身影，什么意思？"

她微微一笑。"这要从我们自五岁就开始玩的游戏说起。我们会各自站在镜子前聊天。但不是面对面，是面对镜子里对方的身影。即便长大以后，我们还是会玩这个游戏。当我们想说大事或是秘密的时候，就会站在镜子前。"

接着，女孩把头靠在蒙塔巴诺肩上休息了一会儿。他觉得，女孩并不是在寻求安慰，而是想摆脱向陌生人讲述私事和秘密时感受到的疲倦。

然后，她果断地站起身，看了看手表。"已经三点半了，我们走吗？"

"如果你想走的话。"

但她不是说可以待到五点吗？

蒙塔巴诺站起身，略感失望，服务生递来了账单。

"我来付吧。"阿德里亚娜说。她从牛仔裤的口袋里掏出钱。

但在停车场的时候，她没有走向自己的车。蒙塔巴诺疑惑地看着她。

"坐你的车吧。"她说。

"去哪儿？"

"如果你了解我的话，应该知道我想去哪儿，不需要我告诉你。"

他当然了解她，了解得很透彻。但他表现得像是一个不愿上战场的士兵一样。"这合适吗？"

她没有回答，只是一味地看着他。

蒙塔巴诺意识到，最终他还是不会拒绝她。士兵终究要上战场，而且只有两个结果。无论如何，夕阳的光辉笼罩在他们身上，刺眼的阳光洒满停车场，让人想在室外多待一秒钟都不行。

"好吧，上车。"

坐上车后的感觉就像躺在烤盘上一样。蒙塔巴诺后悔没带自己的小风扇。阿德里亚娜把所有的车窗都打开了。开车的时候，她头靠着车窗，闭着双眼。

警长则恰恰相反，脑袋里一直萦绕着一个问题：他是不是办了件蠢事？为什么要答应跟她一起走？就因为停车场的温度太高，无法在室外谈话吗？但那只是个借口而已。事实是，他非常想帮助这个女孩。

"这个女孩都能做你女儿了！"他的良知打断了他。

"不要干扰我！"蒙塔巴诺气愤地回复道。我想的不是这事。这个可怜的女孩在过去六年里背负着巨大的压力，她凭直觉感知到了妹妹的遭遇，如今终于有勇气谈论这件事，解放自己。帮助她是正确的选择。

"你是个伪君子，比托马塞奥还要可恶的伪君子。"他的良知对他说道。

就在他们转向泥土路开向皮佐的时候，阿德里亚娜睁开了眼睛。当他们经过她家的房子时，女孩说道："停车！"她没有下车，只在坐在车里看着那栋房子。

"从那以后，我们再也没有回去过。我知道我父亲时不时会让人来打扫一下，保持房屋的整洁，但我们始终没有勇气在夏天回去，就像我们以前……好了，可以走了。"

蒙塔巴诺把车停在最后一栋房子前面，女孩已经打开了车门。

"你真的想这么做吗，阿德里亚娜？"

"是的。"

他没有关车门，车也没熄火。毕竟附近没有人。

下车后，阿德里亚娜拉起他的手，放在唇边停了一阵子，然后又握紧了他的手。他把她带到房子一侧，准备进入这栋违规建筑。取证人员在这里放了几块木板，他们可以顺着木板走下去。浴室的窗户上贴着彩色塑料封条，是公路上用的那种。一个封条上挂着一张带有签名和公章的纸。警长移开封条后率先进去，让女孩在外面等他。他打开随身带着的手电筒，把所有房间都检查了一遍。就这几分钟的时间便让他浑身冒汗。地下室的房间里又潮又湿，肮脏不堪，那陈腐的气味刺激着他的眼睛和喉咙。

他从屋里出来，扶着女孩从窗户爬了进去。

进到屋里后，女孩接过警长手里的手电筒，径直走向卧室，就好像她之前来过一样。警长疑惑地跟在她后面。

她在通往卧室的门廊处停了下来，先是把手电照向墙壁，然后照向包裹在塑料纸中的一堆架子，最后照向大衣柜。她好像忘记了蒙塔巴诺就在她身边一样。她一言不发，呼吸急促。

"阿德里亚娜……"

女孩没有听到警长叫她，仿佛掉进了深渊一样。

接着，她开始缓缓地、漫无目的地走着。她向左微微转身，朝着大衣柜的方向，接着又转向右边，走了三步后停在那里。

就在女孩移动的时候，蒙塔巴诺已经站到了她身前，看她闭上了双眼。她在寻找一个确切的点，不是凭借眼睛，而是凭借只有她自己才知道的感觉。

站在玻璃门的左侧时，她张开双臂靠向墙面，好像在拥抱她自己一样，她的腿也舒展开来。

"圣母玛利亚！"蒙塔巴诺惊恐地说道。难道他眼前的这一幕就是曾经发生在这里的事情的再现？难道阿德里亚娜被丽娜的灵魂附体了？

突然间，手电筒摔落在地，幸好灯光还在。

阿德里亚娜所处的位置正是取证时标注的血泊的位置。她的身体在颤抖。

不可能，这不可能！蒙塔巴诺对自己说。

他的理智不允许他相信自己看见的这些。

接下来的一阵叫声让他感到浑身绵软无力。那不是抽泣声，而是一种哀号声，像动物临死前的哀号声，持久而无力。声音是阿德里亚娜发出的。

蒙塔巴诺迅速弯腰捡起手电筒，抓住女孩的腰使劲儿往外拉。但她在反抗，她的双手仿佛粘在了墙上一样。接着，警长站到女孩双臂和墙面之间，把手电筒对准女孩的脸，但她依然闭着双眼。

她那扭曲的、半张着的嘴发出痛苦的哀号声，还流着口水。惊恐之下，他用力连扇了女孩两巴掌。

阿德里亚娜睁开眼睛看着他，用力抱着他，死死地把他抵在墙面上。然后，她开始疯狂地亲吻他的嘴唇。蒙塔巴诺感觉自己的重心在上移，他紧紧地抓住女孩，仿佛害怕自己突然摔倒，女孩依然不停地亲吻着他。

然后，女孩松开了他，转头跑向浴室，从窗户处爬了出去。蒙塔巴诺紧紧跟在后面，甚至都顾不上将封条重新贴好。女孩跑向蒙塔巴诺的车，坐上驾驶位，发动了引擎。蒙塔巴诺还没来得及在副驾驶上坐好，车已经开了。

阿德里亚娜在她家房前停下了车，下车跑向大门，找到钥匙打开了门，进去后也没有把门关上。

等蒙塔巴诺跑进屋时，女孩早已不见了踪迹。

现在该怎么办？他听见了她呕吐的声音。

他出来后绕着房子缓缓地走了一圈。周围一片沉寂，只有蝉鸣声。曾几何时，房子后面肯定有一片麦田，因为他看到了一个用干草和龙舌兰花堆起来的高高的小茅屋。

在一堆草垛下面，一只麻雀在干燥的泥土里打转儿——没有水的情况下就只能这么清理身体了。

他觉得自己就像这只麻雀一样，也需要把自己清理干净，摆脱在地下室沾上的污秽。

然后，他似乎全然没有意识到自己在做什么，只是像小时候一样做着自己熟悉的事情。他脱掉上衣、裤子和内裤，身上一丝不挂，用力抵着小茅屋。

接着，他用力张开双臂拥抱茅屋，试图把头伸进里面。他强迫自己钻进去，用尽全身的力量向里钻，先是向右，接着向左。最后，他渐渐闻到了干草的清香，他深吸了一口气，直到自己闻到了想象中的味道，像海风一样。他设法钻进这小茅屋，但陷在里面动弹不得。那味道像海风一样，带着轻微的苦涩余味，仿佛是被八月的炎热烧焦了一般。

突然，半个茅屋坍塌了，他被压在了里面。

他保持这个姿势，一动不动，感受着身上的每一寸肌肤被干草清理干净。

年幼时，他做过相同的事。每当这时，到处都找不到他的姑妈会四处呼喊他的名字。

"萨尔沃，你在哪儿？萨尔沃。"

但现在，那不是他姑妈的声音，而是阿德里亚娜在叫他，就在不远处！

他感到一阵茫然。他不能让她看到赤身裸体的自己。他到底怎么想的？为什么跑到这儿来干这么愚蠢的事？他是疯了吗？难道是这酷热的天气把他的脑子烧坏了？他该怎么逃出这窘境？

"萨尔沃，你在哪儿？萨尔……"

她肯定已经发现了地上的衣服！他意识到她离他越来越近。

她看到了他。圣母玛利亚！这太尴尬了！他闭上了眼睛，希望自己变成隐形人。他听到她在狂笑，她肯定会把那美丽的头向后仰着，像在警局时那样。他的心脏在急促地狂跳，他在想：为什么不能让他发作一次轻微的心脏病？渐渐地，他闻到了她身上散发出来的芬芳的香气，比这干草垛的香味更浓烈，比这海风的香味更强烈。她在家里冲了个澡。现在，她离他肯定只有几米远了。

"如果你把手伸出来，我可以把衣服递给你。"阿德里亚娜说。

蒙塔巴诺听从了。

"不用担心，我会转过头去。"女孩接着说道。

问题是，她一直在笑，这让他感到难堪。他笨拙地把衣服穿好。

※

"我要迟到了。"当他们走向车子的时候，阿德里亚娜说道，"我来开车好吗？"她意识到一个问题，想让蒙塔巴诺把车开得更快是很不现实的。

这一路，车开得很快，用不了多久他们就会到达餐馆的停车场。她的右手一直放在他的膝盖上，她全程都在用左手开车。这就是她开车的方式，还是只是因为这炎热的天气？

"你结婚了吗？"

"没有。"

"你有女朋友吗？"

"有，但她不在维加塔。"他为什么要说这些？

"她叫什么？"

"利维娅。"

"你住在哪儿？"

"马里内拉。"

"给我你家里的电话。"

蒙塔巴诺说了电话号码，她重复了一遍。"记住了。"

到达目的地以后，警长下了车，她也跟了下来。他们面对面站着，阿德里亚娜把双手搭在他的臀部，温柔地亲吻了他的嘴唇。"谢谢。"她说道。

伴随着轮胎摩擦地面的声音，警长目送着她离开了。

※

他决定不在警局停留，直接回家。大概六点左右，他穿着泳衣，打开通往阳台的落地窗，结果发现外面坐着三个年轻人，两男一女，看样子差不多二十岁左右。很显然，他们已经在这儿玩了一整天了，吃吃喝喝，还脱掉衣服去游泳。海滩上依然有几十个人在享受着落日的余晖。

海滩上遍布着废纸屑、残羹、空纸箱和瓶子，简直就是个垃圾场。阳台上也是一样，露天平台上散落着烟头、酒罐和可乐瓶，和垃圾场毫无区别。

"在你们走之前，我希望你们能把这儿打扫干净。"他边说边下台阶往海边走去。

"行啊，你先擦干净自己的屁股吧。"他身后的一个男孩说道。

另外两个男孩跟着笑了起来。

他本不必在意，但他转过身慢慢走向他们。"谁说的？"

"我。"那个身材比同伴结实的男孩傲慢地说道。

"你下来。"

那男孩看了一眼同伴。"我们来帮帮这个老头吧，我去去就回。"

男孩大步走到他面前，双腿叉开，接着推搡了他两下。"游你的泳去吧，老头。"

蒙塔巴诺先来了一记左勾拳，男孩躲开了，但他的右勾拳重重地落在男孩脸上，正如他所设想的那样。男孩重心不稳，跌倒在地，看样子被打蒙了。这一拳其实也没多重。另外两个年轻人立即收住笑声。

"在我回来前，希望你们把这儿打扫干净。"

为了找到一片干净点儿的海域，他不得不走得远一点，近处全都漂浮着异物，比如说粪便、塑料杯什么的。像个猪圈，简直脏得不能再脏了。

回去之前，他向岸边望去，想找一处人迹稀少、海水没那么脏的地方。这意味着他不得不在沙滩上走半个小时才能回到住处。

三个年轻人已经走了，阳台干干净净的。

冲澡的时候，水依然是热的，他想起了将男孩打倒在地的那一拳。他怎么会有那么大的力气？后来，他意识到，那不是力气的问题。那一拳将他体内积攒的压迫感全部释放了出来。

15

那晚的海滩上，带着孩子来的一家人忙乱地哄着哭闹的孩子，几个孩子一会儿哭一会儿叫；喝醉的哥儿几个大吵大闹；一对情侣紧紧地抱在一起，仿佛刀架在身上也不能将他们分开；独自一人的男子打着电话，手机像是粘在了耳朵上一样；其他的一对对情侣们听着广播，放着唱片。晚些时候，这些吵闹的人们终于都离开了海滩。

人是走了，但垃圾还在。

垃圾已经成了地标了，警长心想。不管在哪个地方，人们都要从垃圾旁经过。据说，珠穆朗玛峰现如今已经变成了一座垃圾山，甚至连外太空都成了垃圾场。几千年以后，汽车废弃场将成为人类在这个地球上存在过的唯一证据，是唯一幸存的"先人"，文明的纪念碑。

他在阳台上坐了一会儿，空气中散发着一股臭味。夜幕中，沙滩上的垃圾已经看不清了。但在高温环境下，垃圾腐烂着，散发出刺鼻的恶臭。

继续在室外待着也没什么意思了，但若待在屋里，关上窗户阻挡恶臭也不现实，因为经过一天的暴晒，墙壁已经吸足了热气，根本无法散发出去。

他穿上衣服，开车往皮佐方向去了。到了房子那儿以后，他停下车来，下车朝通往沙滩的楼梯走去。他坐在楼梯上点了一根烟。这是个正确的选择，因为这里地势很高，足以让他不被垃圾腐烂的恶臭打扰——他确信这片沙滩上必然也被丢满了垃圾。

他试着不去想阿德里亚娜，但他失败了。

他在那儿待了两个钟头。起身准备回家时，他得出了一个结论：越少与她见面，越好。

※

"阿德里亚娜昨天都跟您说什么了？"法齐奥问道。

"她说了一些之前我不确定但思考过的事情。你还记得吗，迪帕斯奎尔之前跟我们说过，丽娜被拉尔夫袭击的时候，是斯皮特雷利救了她。"

"我当然记得。"

接着，警长开始重述事情的经过，也就是斯皮特雷利怎么跟踪丽娜并在他的车里猥亵了她，以及丽娜最终如何获救。警长还提到了警察在那位农民家里找到阿德里亚娜的耳环后是如何讯问农民的，尽管那个可怜人跟这起案件一点儿关系都没有。

他只字未提自己跟阿德里亚娜一起去过皮佐区的房子以及在那里发生的事。

"总之，"法齐奥说道，"我们现在没什么能做的了。凶手不可能是拉尔夫，因为他性无能；不可能是斯皮特雷利，因为他那个时候已经走了；也不会是迪帕斯奎尔，因为他有不在明……"

"迪帕斯奎尔的说辞很难让人信服。"警长说，"他的不在场证明可能是假的。"

"是吗，你有证据吗？"

※

"长官，托马塞奥检察官来电。"

"接过来。"

"蒙塔巴诺？我决定了。"

"决定什么了？"

"决定要怎么做了。"

他可真会故弄玄虚。

"您到底要做什么？"

"开个新闻发布会。"

"有必要吗？"

"当然，蒙塔巴诺，当然有必要！"

唯一必要的就是不能让托马塞奥错过一次上电视的机会。

"那些记者，"检察官继续说道，"听到点儿风声就开始四处发问。我可不想让他们肆意歪曲或者夸大事实，那样的话，风险太大了。"

"确实，这风险不小。"

"这么说，你也同意？"

"您都联络好了吗？"

"恩，明天上午十一点。到时候你来吗？"

"不了，您打算说些什么？"

"说一下案情。"

"她被强暴的事，您打算说吗？"

"会暗示一下。"

暗示？！即便只是一点点苗头，记者们也会蜂拥而上的！

"要是他们问起凶手，您打算怎么说？"

"这个，需要谨慎回答。"

"对您来说根本不是问题。"

"保险起见……我会说现在有两个调查方向：一个是调查泥瓦匠的不在场证明；另一个是调查那个精神失常的农民，他强迫女孩跟他去了地下室。这么说怎么样？"

"很好。"

精神失常的农民？！一个精神失常的农民怎么会知道那栋外面有围墙的房子里隐藏着非法建筑？

"我今天给阿德里亚娜打了电话，问了她一些问题。"托马塞奥说，"我想让她卸下所有防备，深入地询问她。让她无所保留。"

他的声音变得很尖细，蒙塔巴诺对此感到担忧，再多说两句，这个家伙可能就会开始发出"啊啊啊"的呻吟声，像色情电影里的一样。

※

去恩佐餐厅前，他换了身衣服，把汗淋淋的衣服给了坎塔雷拉——这已经成了他的一种习惯。因为没什么胃口，他吃得很少。饭后，他感到有些疲惫，于是决定直接回马里内拉的家。

真是令人惊讶！四个清洁人员几乎把沙滩上所有的垃圾都打扫干净了！他换上泳衣去海里潜泳，想让自己从这高温中解脱一下。之后，他回屋里睡了将近一个小时。

※

四点左右，他回到了警局，但却没心思做任何事。

"坎塔雷拉！"

"怎么了，长官？"

"在没有事先通报我的情况下，不要让任何人进我的办公室，明白了吗？"

"明白，长官。"

"还有，蒙特鲁萨那边有没有打电话过来询问调查的事？"

"有，长官，我搪塞过去了。"

把门锁上以后，他脱掉了身上的衣服，只剩内裤。椅子上的文件被他扔到了地上，他把椅子对准迷你风扇，让风直吹胸膛。他坐在那儿，渴望得到片刻的放松。

※

一个小时后，电话响了。"长官，一位名叫拉根的金融警察局局长找您。"

"接进来。"

"没法儿接进来，他正在外面等着呢。"

上帝啊，他还光着身子呢！

"告诉他我在接电话，五分钟后再让他进来。"

他快速穿好衣服。他的衣服就跟刚洗完拿出来晾干了似的，依旧散发着热气。他打开门出去迎接拉根，把他领进了办公室，待他入座后又锁上了门。看着局长身着正装，就像是刚刚从洗衣店取回来的一样，他感觉有些尴尬。

"要喝点儿什么吗，局长？"

"不用了，警长，谢谢。无论喝什么都是一身汗。"

"为什么要在外面等？提前打个电话就好了嘛。"

"警长，有些事最好还是不要在电话里讲。"

"或许我们应该像普罗文萨诺一样，写在纸上，对折一下，用它来传递消息。"

"可能会被监听。唯一的办法就是当面谈。如果可能的话，最好是在安全的地方。"

"我这儿应该就安全。"

"希望如此。"

局长把手伸进上衣口袋，拿出一张对折了两次的纸，然后递给蒙塔巴诺。"你对这个感兴趣吗？"

这是里包多公司的一张关于管道和防护栏的收据，于七月二十七号递交给斯皮特雷利位于蒙特鲁萨的工地。上面有看守人员菲利贝托的签名。

蒙塔巴诺十分振奋。"太感谢了，这正是我想要的，还有人看过这张收据吗？"

"应该没有。我们今早查获了两箱文件，找到这张收据之后，我便立即影印了一份拿来给你。"

"我都不知道该怎么感谢你了。"

拉根局长站起身来，蒙塔巴诺也跟着站了起来。

"我送你出去。"

当他们在警局正门握手时，拉根微笑着说："尽管没多大意义，但我依然希望你不要告诉别人这份文件是怎么来的。"

"局长，这个我恐怕做不到。"

拉根犹豫了一会儿，表情变得十分严肃，然后低声说道："斯皮特雷利不好对付，多保重。"

※

"费德里科？我是蒙塔巴诺。"

洛祖波内警长听到他的声音似乎十分高兴。

"萨尔沃！是你啊，真是惊喜！最近过得怎么样？"

"还行吧，你呢？"

"老样子，有什么事吗？"

"我想跟你谈谈。"

"行啊，谈什么？"

"私下谈。"

"是急事吗？"

"非常急。"

"好吧，我一直在办公室，直到……"

"最好去外面谈。"

"这样的话，要不我们在马里诺咖啡馆碰面？"

"别在公共场所。"

"你可有点儿吓到我了，萨尔沃，那我们去哪儿？"

"我家或者你家。"

"我老婆可是个多事儿的人。"

"那就来我家，在马里内拉，你知道地址。今晚十点，如何？"

※

八点，正当警长准备离开办公室的时候，托马塞奥打来电话，他听上去很沮丧。"我想向你确认一件事。"

"我确认。"

"什么？蒙塔巴诺，你知道我要向你确认什么吗？"

"好吧，虽然我不知道，但您让我确认，我就确认好了。"

"即便你不知道要确认的内容？"

"我明白了，您要确认的不是寻常的事，是一件特殊的事。"

"那还用说！"

警长常常以捉弄托马塞奥为乐。"您想让我确认什么？"

"今天……那个女孩……阿德里亚娜……她看起来更美丽了。我不知道她是如何做到的，她就像女神一样。无论说什么或者做什么，她总能把人迷得神魂颠倒……呃，这都不是重点，我要说什么来着？"

"被迷得神魂颠倒。"

"哦，不，那不是重点。呃，总之，阿德里亚娜跟我说，她妹妹曾被骚扰过，但幸好没有太大危险，那个骚扰她的德国年轻人后来死于德国的一场铁路事故。这个我将在记者会上提到。"

铁路事故？托马塞奥到底了解多少？

"但不论我如何对她施压，"检察官继续说道，"她始终拒

181

绝向我透露更多信息。她说我继续质问她是毫无意义的，因为她跟妹妹从不互相吐露秘密，她还说她们经常吵得很凶，以至于父母不得不将她们分开。事实上，丽娜遇害的时候，阿德里亚娜根本不在维加塔。她跟我说，你昨天找她问了些问题，所以我想问问你，她跟你说过她跟妹妹不和的事吗？"

"当然了，她说她们姐妹两个一天要打上好几架。"

"所以，继续把她叫来审问也没什么意义了？"

"我想是的。"

显然，阿德里亚娜厌烦了托马塞奥无休止的讯问，因此才编出了这个谎言，因为她知道警长会帮她圆谎。

※

那晚，大概九点的时候，阿德里亚娜打来了电话。

"一会儿能去你那儿坐坐吗？"

"抱歉，我有约。"若不是他真的有约，他又将如何回答呢？

"太可惜了，我本想趁我叔叔婶婶从米兰过来的工夫让你见见他们。之前我跟你提起过，他们原来住在蒙特鲁萨。"

"是，我记得。"

"他们是来参加葬礼的。"

他把葬礼的事忘得一干二净。"什么时候举行？"

"明天早上，他们接着就要回去了。明晚把时间空出来，希望我的护士朋友能来。"

"阿德里亚娜，我有工作……"

"算我拜托你了。对了，托马塞奥今天叫我去回答些问题，他一直盯着我的胸部看，口水都快流出来了，估计他在想我特地为了那个场合穿了带钢圈的文胸。我对他说了个谎，想让他永远别再来烦我。"

"我知道你对他说了什么。他打电话问我你是不是跟丽娜不和。"

"你怎么说的？"

"我确认了这件事。"

"我就知道你会这么说。爱你，明天见。"

他趁洛祖波内来之前赶紧去浴室冲了个澡。"爱你"这两个字让他血脉贲张，汗流不止。

※

洛祖波内曾在他手下干了五年，他身形魁梧，说话也是简洁有力。他不爱搬弄是非，为人正直，从不怠慢工作。因此，蒙塔巴诺与他交谈的时候总是十分谨慎。警长给他倒了一杯威士忌并让他坐到了阳台上。还好这会儿微风徐徐。

"萨尔沃，说重点，你想跟我谈什么？"

"一件很敏感的事。在采取下一步行动之前，我想跟你谈一下。"

"请说吧。"

"我最近在忙着调查一个女孩被杀的案子……"

"嗯，我听说了一些。"

"我的审问对象里碰巧有一个叫斯皮特雷利的建筑商，你也认识他。"

洛祖波内看上去似乎有些戒备。"我认识他？这话是什么意思？我认识他，是因为我在调查一起泥瓦匠意外死亡案件，就在蒙特鲁萨的建筑工地。"

"除此之外，我还想多了解一些调查内容。你查到什么了吗？"

"就像我刚刚说的，意外死亡。我去了施工地点，那里完全符合施工标准。关闭五天后就继续施工了。劳伦塔诺检察官让我赶紧结案。"

"你是什么时候接的这个案子？"

"周一早上，在找到泥瓦匠的尸体后。正如我所说的，安全措施符合标准。唯一的解释就是阿拉伯人，也就是那个泥瓦匠喝了太多的酒，翻过防护栏后失足摔了下去。事实上，验尸官说，他体内的酒精甚至比血液还要多。"

蒙塔巴诺犹豫了一下，但并没有让洛祖波内看出来。如果事情正如洛祖波内所说，也就是斯皮特雷利所坚称的那样，那为什么菲利贝托说的跟他们不一样？最重要的是，从里包多那儿拿到的收据不是证明了看门人说的是实情吗？直接开门见山地跟洛祖波内说出自己的想法，会不会更好？

"你有没有想过，防护栏可能是在泥瓦匠跌落后才安装上去的，也就是在星期天安装上的？这样一来，你在周一上午去检查现场的时候自然不会发现什么端倪。"

洛祖波内又倒了一杯威士忌。"我当然也这么想过。"他说。

"然后呢？"

"换成你的话，你会怎么做？"

"你是指？"

"我问过斯皮特雷利是哪家公司向他提供的脚手架，他说是里包多。我报告给了劳伦塔诺，想让他提审里包多，或者授权我去提审里包多。但他拒绝了，他认为调查已经结束了。"

"好吧，你想从里包多那儿得到的证据我自己也在搜寻。斯皮特雷利在周日黎明收到了那些安装材料，在工地工头迪帕斯奎尔和门卫菲利贝托的帮助下，他才安装上去的。"

"那你想怎么利用这个证据？"

"要么把它给你，要么给劳伦塔诺检察官。"

"拿来我看看。"

蒙塔巴诺把收据递给他，洛祖波内看了看后又还了回去。

"这什么都证明不了。"

"你没看日期吗？七月二十七号是星期天！"

"你知道劳伦塔诺会怎么说吗？首先，鉴于斯皮特雷利和里包多现在的工作关系，里包多已经不是第一次在星期天把建筑材料交给斯皮特雷利了。第二，他们需要这个材料是因为他们计划在周一早上把房子增盖几层。第三，请告诉我，蒙塔巴诺警长，你是怎么得到这份文件的？总之，斯皮特雷利会反击，而你，要彻底交代清楚谁给你的文件。"

"但劳伦塔诺会掺和进来吗？"

"劳伦塔诺？你在说什么？劳伦塔诺只想升职，如果你也想官运亨通，第一条规矩就是别惹是生非。"

蒙塔巴诺非常生气，脱口而出："你岳父拉特斯是怎么想的？"

"拉特斯？不要扯远了，萨尔沃。不要牵扯不相干的事情。我岳父会考虑自己的政治利益，这很正常，但斯皮特雷利的事情，他从来都没跟我提过。"

"所以你就屈服了？"

"在你看来，我应该怎么做？像堂吉诃德一样同虚构的敌人作战吗？"

"斯皮特雷利不是虚构的敌人。"

"蒙塔巴诺，我们开诚布公地谈一下吧。你知道为什么劳伦塔诺不想让我深入调查吗？这是因为当他站在个人权限和立场来讲，一边是斯皮特雷利和他的政治庇护者，另一边是一具无名的阿拉伯移民尸体。换成你的话，你会站哪一边？阿拉伯移民的死只在报纸上有三行报道。如果我们调查斯皮特雷利，你觉得会发生什么？肯定会遭到电视、广播和报纸的狂轰滥炸，还要面对议会的质询和压力，甚至会发生勒索事件。所以我问你，我们中间、检察官中间，有多少人和劳伦塔诺一样心里有杆秤？"

16

他有些愤怒，在阳台上喝完了一整瓶威士忌。他本来就是这么打算的，就算喝不醉，最起码也可以麻木自己，然后上床睡觉。

他冷静地想了想，觉得洛祖波内是对的。他永远无法靠那些在他看来很重要的证据推倒斯皮特雷利。

即使劳伦塔诺真的有勇气采取行动，他勇敢的同事最终也让这个案件上了法庭，但任何一个律师都可以眨眼间把这些证据批得一无是处。难道真的是因为这些证据微不足道，最终导致斯皮特雷利被判定为无罪？但这些都是证据啊！还是因为现如今，意大利的法律偏袒被告，结果导致人们缺少将罪犯绳之以法的坚定决心？

但另一方面，为什么警长从一开始就想让开发商吃苦头，直到现在也初心不改呢？因为他觉得非法建造是违法行为？得了吧！如果是这样的话，那他应该会遭到西西里岛一半人的反对，因为这里的非法建筑比合法建筑还要多。

为什么有人死在了他的工地上呢？

工地上有多少所谓的意外根本算不上意外,而是被雇主他杀呢？

不，另有他因。

法齐奥称斯皮特雷利喜欢未成年少女，而他自己的结论是，斯皮特雷利喜欢性旅游，所以他才会从一开始就厌恶这个人。这种人喜欢坐着飞机从一个洲到另一个洲，以一种非常不光彩的方式剥削穷人、挥霍物质、践踏道德。他不能忍受这种人。

有些这样的人，他们在自己国家里住着皇宫般的大宅子，坐着头等舱，住着七星级酒店，在煎蛋都卖一万欧元的餐厅里吃饭。但灵魂世界却极其惨淡，极其贫瘠，他们甚至还不如抢劫教堂救济箱或者小孩子午饭的小偷，因为他们不是真正饥饿，而只是喜欢那样做。

他们不缺本事，但是缺德。这种行为令人作呕。

大约两个小时之后，他终于困了。杯里只剩下一点儿威士忌。他倒回去了，但都洒了。他开始咳嗽，想起了洛祖波内说的话。

验尸报告显示，阿拉伯人是醉酒后坠楼而亡的。

但是，还有一种可能。

阿拉伯人掉下去的时候没有死。他只是受了重伤，但还有气。斯皮特雷利、迪帕斯奎尔和菲利贝托利用当时的形势，给他灌酒，然后他就这样孤零零地死了。

他们是有可能做出这样的事的。其中，最有本事的斯皮特雷利最可能会这样想。如果事情果真像他想象的这样，那受挫的不仅仅是他，蒙塔巴诺警长，而是正义本身，是正义这一崇高的信念。

※

他整晚没有合眼。他感到怒火中烧，出了很多汗。凌晨四点左右，他起床换了床单。但是并没有什么用——半个小时后，他又湿透了刚换的床单。

八点的时候，他再也躺不住了。不休不眠、焦虑和燥热的天气让他抓狂。

他突然想到，此时的利维娅正坐在船上，漂泊在开阔的海洋上。她肯定比他过得开心。他给她打电话，但她的手机关机了。

此时，这位女士肯定在睡觉或者在和她亲爱的侄子马西米利亚诺聊天！他突然觉得浑身瘙痒，于是便开始使劲儿地挠。

为了寻找答案，他从阳台走向沙滩。沙子已经很热了，有些烫脚，但他还是想去好好地游个泳。离海岸远一些，水还是很凉爽。但是，这种清爽持续的时间并不长，在回去的路上，他的身体就已经被烤干了。

为什么非要去警局呢？他问自己。他没有什么要紧的事情要处理——其实，他没有任何事要做。托马塞奥正忙着记者招待会的事，阿德里亚娜去参加妹妹的葬礼，局长正忙着整理调查问卷。而他，蒙塔巴诺，只想随处逛逛，而不是待在家里。

"坎塔雷拉？"

"长官，请吩咐。"

"我跟法齐奥说句话。"

"马上。"

"法齐奥，我今天上午不去局里了。"

"不舒服吗？"

"我很好。但是我觉得，如果我去上班，就会很难受。"

"长官，您是对的。这里令人窒息，没人能喘得上气来。"

"我下午六点左右过去。"

"好的，长官。我可以用一下您的迷你风扇吗？"

"小心别弄坏了。"

半个小时后，他来到了皮佐区，把车停在了乡村小屋前面，就是那个农民住的那里。他下车走向房子。前门是开着的。"有人在家吗？"他喊道。

窗户里探出头来的还是那个农民，他的陶罐曾被加洛的车撞坏了。从农民的眼神中可以看出，他不认识蒙塔巴诺。

"你想干什么？"

如果他告诉农民他是警察，那他是不会让他进去的。他看到了房子后面的母鸡，这倒是帮了他大忙。"有新下的鸡蛋吗？"

"你想要多少个？"

这肯定不是个大养鸡场。"六个。"

"进来吧。"

蒙塔巴诺进去了。

房间里空空如也，足以让他看清各个角落。一张桌子、两把椅子和一个碗柜。靠近一面墙体有一座炉子和一个小煤气罐，旁边是一张大理石茶几，上面有几个杯子、碟子、煎锅和茶壶。由于长时间的使用，器皿有些破旧。另一面墙上挂着一把猎枪。

农民走上木楼梯，往楼上走去，那里肯定是他的卧室。

"我去给你拿。"他离开了。警长坐在椅子上。

农民回来的时候，两只手里各拿着三个鸡蛋。他朝小桌子走了两步，然后突然停住了。他盯着蒙塔巴诺，脸上的表情变了，脸色苍白。

"怎么了？"警长起身问道。

"啊！"农民喊道。他使出浑身力气将右手上的三个鸡蛋朝蒙塔巴诺的头扔过来。虽然一切来得很突然，但警长还是躲开了两个，但是，另外一个鸡蛋砸到了他的肩膀上，鸡蛋碎了，掉到了他的衬衫上。

"我认出你了，臭警察！"

"但是……"

"老套路？对吧？"

"不，我是来……"

另外三个鸡蛋，一个砸到了他的额头上，另外两个砸到了他的胸脯上。

蒙塔巴诺看不清楚了。他用手帕擦了擦眼睛。通过朦胧的双眼，他发现农民正拿着猎枪对着他。

"滚出我的房子，臭警察！"

警长跑出去了。他的同事肯定让他受尽了折磨。

他的衬衫上有很多污点，从前面看是一个颜色，从后面看是另一个颜色。

他回马里内拉换衣服，回家后发现阿德莉娜正在擦地板。

"先生，发生什么事了？有人朝您扔鸡蛋了？"

"对，一个穷光蛋。我去换一下。"

他洗了个澡，换上了干净的衬衫。"待会儿见，阿德莉娜。"

"先生，跟您说一声，明天我来不了。"

"为什么？"

"我要去见我大儿子，就是在蒙特鲁萨拘留所的那个。"

"小儿子在做什么？"

"也在拘留所，但是在巴勒莫。"

她有两个儿子，但是都不务正业，是拘留所的常客，蒙塔巴诺还亲自送他们进去过两次。但他还是很喜欢他们，甚至还是其中一个儿子的监护人。

"代我向他问好。"

"好的。因为我明天不来，所以我多做了点儿吃的。"

"给我留些冷冻食品就行，保存的时间能久一点儿。"

他又回到了皮佐区。这一次，他带上了泳衣。

※

他快速通过那间小屋——担心那个人会拿着枪射击他的汽车，然后穿过阿德里亚娜家的房子——门窗都关着，最后停在了非法建筑旁边。

因为手里有房子的钥匙，他直接进了屋，脱掉衣服，换上泳衣，又出去了，走下石阶到了海滩。这个时候，游泳的人很少，大部分人说的都是外语。八月十五日之后，西西里岛人会觉得夏天已经过完了，虽然这时候比之前更热。

他还记得和卡雷拉第一次来这里游泳时那种干净清爽的喜悦。他跳进水里，开始游泳。他一直在水里待着，直到脚趾变皱了，这意味着他该上岸了。

他本来想冲个冷水澡，然后就回家吃饭，无论阿德莉娜给他准备了什么。但是，顶着烈日爬上石阶之后，他只觉得浑身无力。进入房间后，他径直走向主卧室，躺到了双人床上。

他睡着的时候是两点半，醒来的时候已经五点了。床垫吸干了他身上的水分，留下一个潮湿的轮廓。

他洗了很长时间的澡，几乎用光了水箱里的水。但因为不是在自己家里，而且这里也没人居住，所以他觉得没什么。

走出房子准备回警局时，他看到另一辆汽车停在房子前。他觉得之前见过那辆车，但想不起来到底在哪儿见过。附近并没有人，或许他们去沙滩了。

然后，他发现有条电线插到了门边的插座上，从房子的一角一直延伸到房子后面。很明显，这样就可以给楼下的非法建筑提供照明了。

会是什么人呢？肯定不是法医科的人，他很确定。肯定是一些来这里偷拍照片的记者。他非常生气。这群混蛋怎么敢这么做呢？

他跑到车里，从贮物箱里拿出手枪，别到了腰间。绕过角落，电线沿着墙根一直往里延伸，绕过支架，直到窗户附近。这窗户恰好就是地下住宅的入口。他悄悄地爬过壁驾，进入了洗浴间。他警惕地转过身，发现客厅有灯光。

该死的摄影师肯定是想拍些现场的照片，比如说曾经装着尸体的箱子，踩一把热点。

混蛋，我让你踩热点，警长心想。

他马上做了两件事。首先，他朝客厅跑去，大喊道："举起手来！"然后，他扣动了扳机，向空中开了一枪。

可能因为室内没有家具，空旷的环境放大了噪音，也可能因为整套房间都被塑料袋覆盖，声音无法散播，总之，这枪声就像巨大的爆炸声，可以跟重磅炸弹媲美了。第一个被吓到的是蒙塔巴诺自己，他甚至怀疑枪是不是在他手里爆炸了。一阵耳鸣中，他冲进了客厅。

惊吓中，摄影师手里的相机掉到了地上，浑身颤抖，双手抱头，双膝跪地，头部着地——仿佛正在祈祷的阿拉伯人。

"你被捕了！"警长说，"我是蒙塔巴诺！"

"为什么？"这个人呜咽道，稍稍地抬起了头。

"为什么？你想知道原因吗？因为你破坏了进来的封条！"

"但这里没有……"

"没有封条！"蒙塔巴诺听到了一个颤抖的声音，但不知道那声音是从哪里传来的。他看了看周围，没发现任何人。

"谁说的？"

"我。"

卡雷拉从塑料纸包裹的窗户框架后面跳了出来。"警长，您必须相信我们，这里没有封条！"

蒙塔巴诺猛地想起来，那天，他光顾着去追阿德里亚娜了，确实没来得及将封条贴回去。"肯定是某些小流氓将它们撕下来了。"他说。

客厅里的大探照灯将室内温度照得比平时更高了。警长几乎说不出话了，因为此刻的他已经口干舌燥了。"我们出去吧。"

警长说。

他们跟着他走出去，来到地上的房间喝了一大杯矿泉水。他们坐在客厅，落地窗开着。

"我差点儿被吓出心脏病了。"蒙塔巴诺误以为是摄影师的那个人说。

"我也是。"卡雷拉说，"我每次踏入这栋房子都会有奇怪的事发生！"

"我叫帕拉迪诺，是个建筑师。"拿摄像机的人介绍着自己。

"但你们两个在这儿做什么呢？"

卡雷拉首先开口了。"您看，警长，递交赦免诉求所剩的时间不多了，快递员今天早上把古德龙太太的文件送过来了，我请帕拉迪诺过来跟我做一些必要的准备……"

"首先必须要做的事就是给这栋非法建筑拍照。"帕拉迪诺插话道，"这些照片需要附在设计图的后面。"

"你拍完照片了吗？"

"我需要再给客厅拍上三四张照片。"

"那我们去吧。"

他和他们一起出去，走到了窗户边，但并没有跟他们一起进去。"我在上面等你们。"他说。

他在阳台墙面比较低的一边坐着吸了两支烟，这个位置的阳光不是很强烈。

过了一会儿，卡雷拉出来了。"我们好了。"

"帕拉迪诺呢？"

"他去把设备放到车里，一会儿会回来跟您道别。"

"如果你还需要再过来，事先通知我。"

"谢谢。另外，我想问您一些事，警长。"

"什么事？"

"这些封条什么时候可以取走？"

"你着急吗？"

"嗯，有点儿。我想和斯皮特雷利约个日子，把这个地方挖出来，好好修葺一番。如果我不提前约他，这个家伙手头一堆事情，就……"

"如果斯皮特雷利不能做这事，可以另找别人。"

帕拉迪诺回来了。"我们可以走了。"

"我不能找别人。"卡雷拉说。

"什么意思，不能找别人？"

"今天早上我从德国回来时，发现文件里有一份承诺书。"

"你说具体一点儿。"

"那是一份标准协议。"帕拉迪诺说，"卡雷拉给我看了。"

"那份文件规定了什么？"

这次换卡雷拉说了。"文件里说，一经政府赦免，奥杰洛·斯佩恰莱即正式雇用米歇尔·斯皮特雷利公司挖掘、修复该非法建筑的外墙和内墙。他还承诺，即使斯皮特雷利有其他业务，他也不得更换公司，要等到斯皮特雷利完工。"

"很简单的合同。"蒙塔巴诺说。

"对，但却有效力，签名和公章都有。如果双方有一方不执行，尤其是碰到像斯皮特雷利这样的人，他们可能会遇上大麻烦。"帕拉迪诺说。

"不好意思，帕拉迪诺先生，你之前遇到过这样的事吗？"

"这是第一次见。我从没见过提前这么久签订的协议。我实在不理解。我问我自己，谁会喜欢和斯皮特雷利这样的人做这种廉价的生意？"

"我确定，"卡雷拉说，"是斯佩恰莱自己想签这个合同的。因为他知道，这样一来，他就可以完全依靠斯佩恰莱，再次施工时，他就不用出现在现场了。"

"你们看了日期吗？"

"看过了，是一九九九年十月二十七号。奥杰洛·斯佩恰莱回德国的前一天。"

"卡雷拉先生，我会尽快将封条撕下来。"

※

他把封条贴回原处，然后发动了车子，但是没走多远就刹车了。

阿德里亚娜家的房子窗户是开着的。或许，这个女孩在参加完葬礼后想一个人静静。

警长难以决断。他应该去看看她，还是应该直接走？

然后，他看到一个年龄比较大的女人，毫无疑问，她是来打扫卫生的，现在正在关窗户。她一个一个地关上。他多等了一会儿，看着这个女人来到门前，锁上了门。

蒙塔巴诺重新启动了车子朝警局开去，带着点儿失望，还有点儿释怀。

17

"今天上午，我去参加了葬礼。"法齐奥说。

"人多吗？"

"很多，长官，所有人都克制着悲伤的情绪。女人们哭得昏天黑地，她之前的校友们脸色都很苍白。但是，棺材离开教堂的时候，人们竟然开始鼓掌。为什么人们要给逝去的人鼓掌？"

"或许是因为她死得其所吧。"

"长官，您是在开玩笑吗？"

"没有，人们通常会在什么时候鼓掌？当他们看到自己满意的事情时。这是符合逻辑的，意思是：你不再困扰我了，所以我很高兴。到场的家庭成员都有谁？"

"她的父亲，被另外一男一女搀扶着，那两个人大概是他的亲戚。阿德里亚娜女士没在那儿，她肯定在家照顾她的母亲。"

"我要跟你说一些你不太爱听的事情。"他把自己与洛祖波内见面后谈的一些事告诉了法齐奥，但法齐奥听后丝毫不觉得惊讶。

"你没有什么要说的？"

"我该说什么呢，长官？我一直觉得，不管怎样，斯皮特雷利总会想办法脱罪。无论什么时候都是如此。"

"说到斯皮特雷利，我想让你帮我个忙。你给他打个电话。我不想跟他说话。"

"打电话问他什么？"

"如果他在十月十二号去的曼谷，那他应该记得自己是哪天回来的。"

"我现在就去给他打电话。"

十分钟之后，法齐奥回来了。

"我给他打过电话了，但他的手机关机了。我又给他的办公室打了电话，他不在。但是，他的秘书查看了一下日程表，她说斯皮特雷利是在二十六号下午回来的。她非常确定。"

"她说原因了吗？"

"长官，那个女人很唠叨，如果你不让她停，她能给你讲一天。她说十月二十六号是她的生日，她本以为斯皮特雷利不会记得，但斯皮特雷利不仅把泰航给乘客的兰花送给了她，还送了她一盒巧克力。明白了吧？您为什么要问这个呢？"

"今天，我去皮佐区游泳，在我快离开的时候……"他把整件事都告诉了法齐奥。最后，他总结说："也就是说，他在第二天草拟了那份合同，或许是因为他得知奥杰洛·斯佩恰莱马上要回德国了。"

"我倒没发现任何奇怪之处。"法齐奥说，"我很肯定，事情应该就像卡雷拉说的那样，是斯佩恰莱想签订这份合同，他那个时候很相信斯皮特雷利。"

蒙塔巴诺似乎还是不信。"有些事我还是不太明白。"

电话响了，是坎塔雷拉，他似乎被吓到了。"上帝啊，上帝！是局长！"

"怎么了？"

"长官，他听起来疯了！我们都很尊重他，但他听起来像条疯狗！"

"别管他了，你去喝一口白兰地吧，稳定一下情绪。"

他打开免提，示意法齐奥一起听。"您好，局长先生。"

"我一点儿也不好！"

在蒙塔巴诺的记忆中，他从来没有听局长先生说过一句脏话。到底出了什么事？肯定是出了大问题。

"局长先生，我不理解您为什么这么说？"

"调查问卷！"

蒙塔巴诺松了一口气，就这个问题吗？他微微一笑。"但是局长先生，调查问卷已经不是问题了。"

将坎塔雷拉大师传授的技能应用到实际中，是多么有趣的一件事！

"你说什么？"

"我已经整理好发给您了。"

"你整理好了？好吧！你真的整理好了！"

他为什么要发那么大火？到底是什么大事？"有什么问题吗？"

"蒙塔巴诺，你今天加班加点就是为了惹我生气吗？"

"加班"这个词让警长不再开玩笑，开始反击。"您到底在说什么，长官？您在乱说！"

局长尽量让自己冷静下来。"听着，蒙塔巴诺。我对工作很有耐心，但是，如果你想愚弄我……"

啊，工作的耐心！这个人是要气疯他吗？"告诉我，我做错了什么事，不要威胁我了。"

"你做了什么？你给我发的是去年的调查问卷！你说你做了什么！懂了吗？去年的调查问卷！"

"天哪，时间过得真快啊！"

局长十分生气，所以没听清警长说什么。"蒙塔巴诺，我给你两个小时的时间，给我找一份新的调查问卷。两小时内把问卷填好，然后给我发传真。明白了吗？两个小时！"他挂断了电话。

蒙塔巴诺闷闷不乐地看着一堆堆的文件，他要重新找一遍。"法齐奥，帮我个忙吧？"

"长官，请讲。"

"杀了我吧！"

※

他们总共用了三个小时：两个小时找问卷，一个小时填问卷。最后，他们发现今年的问卷和去年的相差无几，同样的问题，同样的顺序，唯一不同的是页眉上的日期。他们表示很无奈，至此，他们已经无力吐槽这种官僚作风了。

"坎塔雷拉！"

"在呢。"

"马上把这个传真给局长，告诉他把这些问卷贴到屁股上。"

坎塔雷拉吓得脸色惨白。"长官，我不能这么做。"

"这是命令！"

"长官，如果您说这是命令……"

无奈之下，他转身离开。但是，坎塔雷拉可能真的会那么做！

"不，听着，发给他就行了，别的什么也不要说。"

※

办公室文件的灰尘有多厚呢？回到家，蒙塔巴诺用了半个多小时冲了个澡，换下了满是汗臭味的衣服。

他穿着内裤朝冰箱走去，想看看阿德莉娜给他准备了什么吃的，就在这个时候，电话响了。

是阿德里亚娜。她没有打招呼，也没有问候，直奔主题。"我今晚不能去你那里了。我的护士朋友今天没空，她明天早上过来，但是你明天早上要上班，是吗？"

"是。"

"我想见你。"

别说话，蒙塔巴诺，别说话。咬住你的舌头，萨尔沃。不要说"我也是"，尽管你很想这么说。

女孩的声音再次在他耳畔响起，让他出了一身汗。

"我真的真的很想见你。"

他皮肤上的汗开始蒸发，变成轻飘飘的水蒸气。现在是晚上九点，天气仍然很热，足以让人晕过去。

"你记得吗？"阿德里亚娜问道，她的口气变了。

"什么？"

"你记得我叔叔婶婶今天下午要回米兰吗？"

"记得。"他很少跟阿德里亚娜说废话。

"离开家到达机场之后，他们发现，由于罢工，所有航班都被取消了。"

"那他们怎么办？"

"他们决定坐火车。太不幸了。这种天气，你可以想象他们的旅程会是什么样的！告诉我，你在做什么？"

"谁，我？"他被这突如其来的问题吓到了。

"萨尔沃·蒙塔巴诺警长是否愿意在电话里告诉阿德里亚娜·莫雷亚莱同学自己此刻在做的事情呢？"

"我正要去冰箱里拿点儿吃的东西。"

"你在哪里吃？厨房吗？很多人独自吃饭的时候都会选择在那里吃。"

"我不喜欢在厨房吃。"

"那你喜欢在哪儿吃？"

"阳台。"

"你家有阳台？那太棒了！帮我个忙，给我准备个双人桌。"

"为什么？"

"因为我也想去那儿。"

"但是你刚才说你不来的！"

"傻瓜，我就那么想想。我想着你从我盘子里夹点儿东西，我从你盘子里夹点儿。"

蒙塔巴诺有点儿头晕。

"好……好。"

"再见。晚安。我明天给你打电话，爱你。"

"我也……"

"你说什么？"

"肉，我说的肉。我正在想吃什么。"

他要控制自己，不能浮想联翩。

"听着，我有个主意。明天早上，你可以叫我到警局进行审问，像托马塞奥那样对我进行四目对视的审问。"她笑着挂断了电话。

冰箱里就这些东西！就这些吃的！现在最要紧的是先去海里游会儿泳，冷静一下，给燥热的身体降降温。他快烧到沸点了，是阿德里亚娜正在让这八月的天气升温吗？

※

在暗黑的夜色里游泳，他觉得很难受。他非常清楚这种感觉。他睁着眼，看着星星，在海面上漂着。

这种感觉，就像有人拿着手摇钻往他脑袋里钻，手摇钻发出熟悉的声音。

嗞……嗞……嗞……

他对这种讨厌的声音已经见怪不怪了，这种情况已经很多年了。这意味着他在前些天听到了一些很重要的东西，这些东西没准儿能帮助他破案，但他当时并没有特别注意。

但是，是什么时候听到的呢？谁说的呢？

嗞……嗞……嗞……

这声音像蛀虫啃噬的声音，让他痛苦不堪。

他被海浪冲击着回到了岸边。

进入房间后，他胃口全无。他拿了瓶威士忌、一个杯子和一盒烟，坐在阳台里，身上湿淋淋的，连泳衣都没有脱。

他想了一遍又一遍，但什么都没想起来。

一个小时后，他放弃了。以前，只需要一点儿时间，他就可以想到他觉得不对劲儿的地方。但那是什么时候的事儿呢？他问自己。毫无疑问，是年轻的时候。

他决定吃点儿东西。他记得阿德里亚娜让他给她留个位置……他也是这么打算的，但觉得有些不可思议。

他只放了一张自己用的桌子。他走进厨房，打开冰箱，心里想着阿德里亚娜，突然觉得有一股电流流过自己的身体。

怎么会这样？很显然，冰箱出问题了。这很危险，必须买个新的。

但是，为什么他的手还在冰箱上，现在却没有感觉了呢？难道那根本不是冰箱的电流，而是体内的电流？

他想到阿德里亚娜的时候，身上就像过电一样！没错，是那个女孩说过的一些话！

他回到阳台，又没了胃口。

突然，他又想起了阿德里亚娜的话。他匆匆站起来，拿着烟去海边了。

※

三个小时后，他走完了，腿很疼。他回到屋里，看了看时间，凌晨三点，他洗漱剃面，穿好衣服，喝了一大杯咖啡。四点十五的时候，他开车出去了。

这个时候，天气凉爽，他可以自由自在地开车，以他通常的车速，而不是像加洛那样飙车。

他在追赶希望。一个如此微妙、如此缥缈的希望，一个小小的疑惑都会轻易地使它消失在空气中。其实，说实话，他在追逐一个疯狂的想法。

他到达巴勒莫机场的时候已经将近八点了。他用的时间够普通司机跑一个来回了。但路上很平静，他没觉得热，也没有埋怨路上其他的司机。

他停下车，走了下来。这里的温度比维加塔低一些，不至于热得让人喘不过气。他一下车就去了酒吧，要了一杯味道很冲的浓咖啡，然后去了机场的警局。

"我是蒙塔巴诺警长，卡普阿诺警长在吗？"他每次来机场接送利维娅的时候都会顺道拜访一下卡普阿诺。

"他刚到。您可以直接进去。"

他敲了敲门，进去了。

"蒙塔巴诺！你在等你女朋友吗？"

"没有，我来这里是想请你帮个忙。"

"乐意效劳，什么事？"

蒙塔巴诺告诉他了。

"这得花点儿时间，但我有个合适的人选。"然后，他喊道："卡马罗塔！"

卡马罗塔三十岁，皮肤如墨一样黑，眼睛里充满了智慧。

"蒙塔巴诺警长是我的朋友，你跟着他办点儿事吧。你们两个可以在这儿用我的电脑。我现在要走了，去向局长汇报工作。"

他们在卡普阿诺的办公室待到了中午，每人喝了两杯咖啡、两瓶啤酒。卡马罗塔确实很有能力，也很聪明，给许多部门、机场和航空公司打了电话。最后，警长找到了他想要的答案。

回到车里，他开始打喷嚏，或许是对卡普阿诺办公室里的空调的延迟反应。

半路上，他看见一家饭店门口停着三辆挂车，说明这里的饭很好吃。于是，他走进去点了餐，之后又打了个电话。"阿德里亚娜吗？我是蒙塔巴诺。"

"天呐！你决定审问我了吗？"

"我想见你。"

"什么时候？"

"今晚九点，在我马里内拉的家中。我们一起吃晚饭吧。"

"希望我能有时间。有什么消息了吗？"

她是怎么知道的？

"我觉得有。"

"爱你。"

"不要告诉任何人你要去我那儿。"

"你在开玩笑吗？"

然后，他给警局打了电话，问法齐奥在不在。

"长官，您在哪里？我找了您一早上，因为……"

"待会儿再说吧，等我从巴勒莫回去，我想跟你聊聊。我们五点在警局见，一定要推掉其他事。"

这家饭店有一个大吊扇。他很开心，因为这样一来，衬衫和裤子就不会贴到身上。正如他所料，饭菜很可口。

回到车里之后，他想，当他离开家的时候，他的希望就像蜘蛛网一样脆弱，但是现在，在返程的路上，他的希望又如绳索一样坚固了。

他开始唱歌，像小狗一样跑着调，他唱的是《乡村骑士》里的《哦！劳拉！》。

※

回到马里内拉，他洗了个澡，换好衣服，匆忙地赶去警局。他觉得有些紧张，焦躁不安，随便一点儿小事足以让他愤怒。

"啊，长官，有您的电话，是……"

"谁的电话都不接，叫法齐奥过来。"

他打开迷你小风扇，法齐奥跑了过来。他的好奇心已经泛滥了。

"进来，关上门，坐下。"

法齐奥照做了。他坐在椅子边上，看着警长。他看起来像一条猎狗。

"你知道昨晚在巴勒莫机场有一场罢工，大部分航班都取消了吗？"

"不，我不知道。"

"我从地区新闻报道上听到的。"他说谎了，他不想说自己是从阿德里亚娜那里听来的。

"嗯，长官，有一场罢工。但是，这年月又有谁不参与罢工呢？这和我们有什么关系？"

"这和我们大有关系，有很大的关系。"

"长官，我知道了。您拐弯抹角了半天，就是为了让我着急。"

"所以，你知道你有多少次都是这样对我的吗？"

"好吧，您的仇也报了，扯平了。说吧。"

"好吧。我听说有场罢工，但是没在意。尽管如此，我突然想到一个主意。我捋了捋思路，然后一切就都清楚了，明镜似的。我去了巴勒莫机场，我必须看看我一开始设想的理论是否成立。"

"成立吗？"

"完全成立。"

"然后呢？"

"我知道杀害丽娜的凶手是谁了。"

"斯皮特雷利。"法齐奥淡定地说。

18

"不，不行，你别说出来！"蒙塔巴诺喊道，"这是我的好戏，你怎么给抢了！这不公平！这得让我说！你要尊重你的上司！"

"我不会再多说一个字。"法齐奥承诺道。

蒙塔巴诺冷静了下来，但是法齐奥看不出来他是真生气了还是在开玩笑。

"你是怎么知道的？"

"长官，您去巴勒莫机场确认了一些事。事实证明，巴勒莫机场还是机场。现在，在嫌疑人当中，谁坐飞机呢？只有斯皮特雷利。奥杰洛·斯佩恰莱和他的继子拉尔夫都是坐火车的，对吧？"

"对。所以，当我听到'罢工'这个词的时候，我想起来我们之前一直觉得斯皮特雷利的不在场证据是真的。我还知道，我们的同事在菲亚卡处理这起失踪案的时候，也审问了斯皮特雷利，他谎称自己去了曼谷。而我觉得他们查过了，以至于我们从来没有让他提供证据证明他就是在那天飞往曼谷的。"

"但是长官，我们有间接的证据。斯皮特雷利经停期间，他的秘书和迪帕斯奎尔接到过他的电话。我觉得的确有过这通电话。"

"没错，但是谁能确定他是在经停期间打的呢？如果你从别的地方给我打电话，我怎么知道你是从哪里打来的呢？你可以说你在安巴拉达姆或是在北极圈，我只能相信你。"

"确实。"

"这就是为什么我要去巴勒莫机场警察局。他们人都非常好。我们花了四个小时，但总算是找对了方向。那年十月十二号是个星期三，从罗马菲乌米奇诺机场起飞的泰航一般于下午两点十五分起飞。斯皮特雷利本来要赶往巴勒莫机场乘坐飞往菲乌米奇诺机场的航班，然后转乘另一趟航班。但是，到达巴勒莫机场后，他发现，由于技术故障，飞往罗马的航班晚点了两个小时。所以，他自然也赶不上去曼谷的航班了。然后，他就滞留在巴勒莫了。他成功地改签到了次日的机票，这不是什么难题。周四离开罗马的泰航下午两点四十五起飞。所以，目前为止，我们还是有理有据的。"

"这怎么说？"

"意思就是说，这些都是可以白纸黑字写进档案的。现在，我要进行推测了。斯皮特雷利在巴勒莫无所事事，便打算回维加塔。我觉得，他是顺着特拉帕尼路走的，到这儿之前，会经过蒙泰雷亚莱。他决定去看看皮佐区的工程是否完成了。我记得把非法建筑推迟到第二天再掩埋是迪帕斯奎尔的主意，斯皮特雷利并不知道进度如何。他到的时候，工人、斯佩恰莱和拉尔夫都没在。但是，他发现非法建造的地下一层还没有完全被盖上，人还可以进去。当然了，这只是我的大胆猜测。此时，他发现丽娜在附近，他马上就想到，在那个时候，他是不存在的。"

"'不存在'是什么意思？"

"你想啊，斯皮特雷利当时本不该在皮佐区。大家都以为他在曼谷，而且他还没回维加塔。所以，他没走的事情没人知道。还有比这更好的机会吗？所以，他给办公室打了电话，那样他就可以证实他的说辞了。他觉得一切都是上天安排好的。但是，他犯了个大错误。"

"什么错误？"

"电话本身。很明显，斯皮特雷利最近一次去曼谷至少是三个月之前，因为从七月份开始，从罗马起飞的泰航就变成直飞了，中间没有转机。"

"在您看来，后来发生了什么？"

"记住，我现在是在'如果'的海洋中航行。他深信自己是安全的，于是便接近了丽娜。当他发现这个女孩对他没什么兴趣时，便拿出了随身携带的刀子——他曾经也是用这把刀子警告拉尔夫的，正如阿德里亚娜所说，他强迫她进入地下的房子。剩下的故事你可以自己想了。"

"不，"法齐奥说，"我不想想象。"

"这也解释了合同的问题。"

"和斯佩恰莱的那份？"

"对。合同上规定，等政府特赦之后，就由他来修复这套房子。我觉得有件事很可疑，那就是斯皮特雷利不允许其他公司接手。斯皮特雷利想确保只有自己的公司能挖掘地下的房子，这样一来，他就有机会将装有尸体的箱子带走。他在国外就想到了这个主意，所以，他一回来便匆忙地找到了斯佩恰莱。明白了吗？"

"明白了。"

"所以，你觉得我该怎么做？"

"您该怎么做？明天一早，您去托马塞奥检察官那里告诉他整个过程。"

"我只能跟他说你能想到的那些。"

"为什么？"

"因为这件事和斯皮特雷利有关，托马塞奥一定会小心行事。不仅如此，他还担心律师会生吃了他。插手斯皮特雷利的事，意味着要做让很多人不快的事，包括黑手党、议会和市长。每个人都收过贿赂。"

"长官，面对女人的时候，托马塞奥可能是个淫棍，但说到正直……"

"但托马塞奥会被围攻的！如果你愿意听，我可以帮你预测一下律师为斯皮特雷利准备的辩护词。"

"'十二号早上，我的委托人坐的是早一班飞机，出故障的是他之后的那班。'"

"'但是斯皮特雷利的名字在之前的航班里没有出现。'"

"'是的，但是罗西知道！'"

"'罗西是谁？'"

"'罗西是名乘客，他临时退掉了机票，所以斯皮特雷利得以提前离开，最终赶上了去曼谷的航班。'"

"我可以扮演托马塞奥吗？"法齐奥说。

"当然。"

"'你又如何解释转机时打电话这件事呢？'"问完这个问题，他一脸胜利的表情。

蒙塔巴诺笑了。"你知道律师会怎么回答吗？"他会这样说：

"'但是，我的委托人是从罗马打的电话！那趟航班是于下午六点半降落的，而不是两点十五分。'"

"那是航班真正起飞的时间吗？"法齐奥问。

"是的，除非斯皮特雷利不知道航班延误。他认为他的航班已经在去曼谷的路上了。"

法齐奥一脸疑惑。"当然，当您这样说的时候……"

"你不觉得吗？我们的案子会像阿拉伯人的案子一样结束。"

"您觉得我们该怎么做？"

"我们必须逼供。"

"好说！"

"我们不敢保证会把他送进监狱，让他坦白一切。他会说我们折磨他，他是屈打成招。要想把他送上法庭，我们至少要先让他坦白。"

"好的，但是怎么办呢？"

"我有了大概的思路。"

"真的吗？"

"但是，我不想在这里说。我们今晚十点半可以约一个地方吗？"

※

回到马里内拉已经八点了，他一到家便先去了阳台。

外面没有一丝风。空气像帐篷一样笼罩着地球。沙子在白天吸收的热量现在都蒸发成了水蒸气，令这空气变得更热、更潮湿了。海面一片死寂，表面漂浮的白沫像唾沫一样。

他为阿德里亚娜的即将到来感到激动，他即将询问她的一些事情更是让他浑身冒汗，像在桑拿房里一样。

他脱下衣服，穿着内裤走向冰箱。打开冰箱的一刹那，他被惊得目瞪口呆。他记得阿德莉娜说过，她会给他准备两天的食物，从那以后，他还没看过冰箱。此刻，他觉得，他看到的不是冰箱，而是巴勒莫超市的一角。他挨个菜闻了闻，还都是新鲜的。

他将桌子放到阳台，拿出绿橄榄、黑橄榄、芹菜、羊奶芝士和六盘小菜，包括新鲜的凤尾鱼、墨鱼、小章鱼、鱿鱼、金枪鱼和海螺。每盘的调料都不同，冰箱里还有很多其他的东西。

之后，他洗了个澡，换好衣服，打算给利维娅打电话。至少，他得听听她的声音。也许是为了在阿德里亚娜来之前让自己冷静冷静？电话里还是同样的声音：您拨打的电话已关机，暂时无法接通。

无法接通？这到底是什么意思？

为什么在他最需要她的时候却找不到她呢？难道她感受不到他给她发送的求救信号？还是她被其他事情分散了注意力？难道是在和她的侄子马西米利亚诺共度快乐时光？

他越想越生气，不知道是因为嫉妒还是因为自尊心受挫。这个时候，门铃响了，但他似乎动不了了。门铃又响了，这次持续的时间长了一些。

最后，他去开门了，像罪人走向电椅一般，又像第一次约会的十五岁少年，浑身是汗。

阿德里亚娜穿着牛仔裤和衬衫，轻轻地吻了他一下，仿佛他们亲密已久。他们走进房间，她从他身边贴身而过。在这么热的天气下，这个女孩的味道为什么还如此清爽？

"有点儿难度，"她说，"但我还是想办法来了！你有没有感动？让我看看？"

"看什么？"

"你的房子。"

她仔细地看了看周围，一间一间地看，好像她要买下来一样。"你睡在哪间屋？"她站在床头问道。

"那边。怎么了？"

"没什么，只是好奇，你女朋友叫什么名字？"

"利维娅。"

"她是哪里人？"

"热那亚。"

"我看看她的照片。"

"谁的？"

"你女朋友的，不然呢？"

"我没有她的照片。"

"得了吧，我又不会吃了她。"

"真的，我没有。"

"为什么没有？"

"不知道。"

"她现在在在哪儿？"

"联系不上。"

他说漏嘴了，阿德里亚娜疑惑地看着他。

"她和她朋友在船上玩。"他解释道。他为什么不告诉她真相呢？"阳台上都准备好了，走吧。"他转移了话题。

※

坐在桌子旁，阿德里亚娜犹豫了。"我确实很喜欢吃，但是这些东西……天呐，太棒了！"

"请先坐下。"

阿德里亚娜坐在长椅上，但只占了一部分，这样蒙塔巴诺就有地方坐了，他挨着她坐下了。

"我不喜欢这样。"阿德里亚娜说。

"你不喜欢什么？"

"这样坐着。"

"对，这样太挤了。你可以往这边坐坐……"

"我不是这个意思，我不喜欢吃饭的时候看不到你。"

蒙塔巴诺去拿了把椅子，坐在她对面。他也觉得两人之间有些距离更好一些。但是都这么晚了，为什么还是这么热？

"我可以喝点儿酒吗？"

他拿出一瓶冰冻的烈酒。喝下去之后就像做梦一般，冰箱里有好几瓶。"在开始吃饭之前，我想问你一些事情，我很想知道。"

"我没有男朋友。"

警长感到很尴尬。"不……我不是这个意思……你知道斯皮特雷利吗？"

"那个建筑商？从拉尔夫手里救了丽娜的那个人？我们之前没有接触过。"

"怎么会，毕竟你和你妹妹就住在离工地不远的地方。"

"那倒是。但是那段时间，我大多时候和叔叔婶婶住在蒙特鲁萨，没和父母住在皮佐区，所以从来没见过他。"

"你确定？"

"确定。"

"之后呢？在找丽娜的过程中？"

"叔叔婶婶很快就带我回蒙特鲁萨了。我父母在寻找丽娜，他们寝食难安。叔叔婶婶带我逃离了这种紧张的氛围。"

"最近呢？"

"没有。我没去葬礼，也回避了电视采访。只是报纸上说，丽娜有个姐姐，但他们不知道我们是双胞胎。"

"我们要开始吃吗？"

"好的，你为什么要问斯皮特雷利？"

"待会儿告诉你。"

"你之前说过有消息了。"

"待会儿说。"

他们静静地吃着饭，时不时看对方一眼。然后，蒙塔巴诺突然发现，阿德里亚娜的膝盖贴到了他身上，他双腿慢慢分开，阿德里亚娜的一只腿在他的双腿之间来回滑动，另一只腿则紧紧地压住他。

警长努力控制着自己，没有在酒精的作用下干出错事，真是奇迹！但是，他觉得他的脸涨得通红，所以有些气自己没用。

之后，阿德里亚娜指了一下海螺，说："海螺怎么吃？"

"你要用大头针把肉挑出来，针就在你那边的银器里。"

阿德里亚娜试了半天，但是没有成功。"你帮我吧。"她说。蒙塔巴诺用大头针挑出了海螺肉，她张开嘴，让他喂她。"嗯，好吃，还想吃。"每次她张开嘴，蒙塔巴诺都激动得要犯心脏病。

很快，酒喝完了。

"我再去拿一瓶。"

"算了。"阿德里亚娜夹住他的腿，说道。但是，她似乎发现了他的紧张。"好吧。"她说，然后松开了他。

他拿着一瓶开了盖的酒回来了。这一次，他没有坐回自己的座位，而是坐在了阿德里亚娜旁边。

吃完之后，蒙塔巴诺收拾好桌子，收好酒瓶和酒杯。当他坐回去时，阿德里亚娜躺到了他的怀里，脑袋靠在他的肩上。"你为什么总是想跑？"

到了要严肃面对这个问题的时候了吗？或许这是最好的时候，直面这个问题。"阿德里亚娜，相信我，我没想逃避你。我很喜欢你，这样的情形在我身上很少发生。但是，你知道吗？我们差三十三岁。"

"我不是让你娶我。"

"好吧，但是一样的。我是个守旧的人，我觉得这样做不合适……年龄合适的话……"

"但什么是合适的年龄呢？二十五？三十？你见过那个年纪的人吗？你听过他们说话吗？你知道他们怎么做事吗？他们根本就不了解女人！"

"听着，对你来说，我只是过客。但是，对我来说，你是冒险做了一件完全另类的事。我这个年龄……"

"够了，我不想再听你谈论年龄之类的事了。不要以为我对你就像我想吃冰淇淋一样。说到冰淇淋，你这里有吗？"

"冰淇淋？嗯。"

他从冰箱里取出冰淇淋，拿到了阳台。"奶油巧克力的，可以吗？"蒙塔巴诺重新坐到了她旁边。

她还是像之前一样，躺在他怀里，脑袋靠在他的肩膀上。

阿德里亚娜保持这个姿势，默默地吃完了冰淇淋。

然后，蒙塔巴诺接过了她手里的冰淇淋盒子，结果发现她在哭。这声音戳中了他的心。他试着让她抬起头，这样他就能看见她的脸了，但是她拒绝了。"阿德里亚娜，你还得想，这些年，我一直和一个我爱的女人在一起，我必须对她忠诚。"

"联系不上。"阿德里亚娜抬起头，看着他的眼睛说。

这场景肯定也在古代的围城战中发生过。他们要经受很长时间的饥渴，将热油倒在爬上城墙的人身上。城堡看似坚不可摧。但是，一发炮弹正中目标，轰开铁门，围城士兵一拥而入。大势已去。

联系不上。这是阿德里亚娜关键的一击。当他说这个词的时候，阿德里亚娜从中听出了他的什么情绪呢？愤怒？嫉妒？懦弱？还是孤独？

蒙塔巴诺拥抱她，亲吻她。她嘴里是奶油和巧克力的味道。

仿佛一切都要融化在这八月的天气里了。

然后，阿德里亚娜说："我们进去吧。"

他们拥抱着站起来。就在此时，门铃响了。

"会是谁呢？"阿德里亚娜说。

"是……是法齐奥。我让他来的，我都忘了。"

阿德里亚娜一句话都没说，将自己锁在了卫生间。

※

一进入阳台，法齐奥便看到了桌子上的两个酒杯，还有两个装冰淇淋的小盒子，于是便问道："有别人在吗？"

"对，阿德里亚娜。"

"噢，她走了吗？"

"没有。"

"啊？"

"喝杯酒吗？"

"不了，谢谢，长官。"

"吃点儿冰淇淋？"

"不了，谢谢。"

很显然，他为这个女孩的出现感到恼火。

19

他们已经在阳台上坐了将近一个小时了。随着夜色降临，热气丝毫没有消散，反而更浓了，就好像现在天际挂着的不是若隐若现的月亮，而是正午的太阳。

警长说完了，他好奇地看着法齐奥。"你怎么想的？"他问法齐奥。

"所以，您要把斯皮特雷利叫到警察局来审问吗？审他一天一夜，然后等他筋疲力尽的时候，让阿德里亚娜小姐过来，突然出现在他面前，吓一吓他。是这个意思吗？"

"差不多。"

"您觉得，当他看到被他杀死的女孩的双胞胎姐姐时，他会误以为看到了死者，然后崩溃坦白？"

"至少我是这么希望的。"

法齐奥撇了撇嘴。

"不信吗？"

"长官，那家伙是个无赖，脸皮比城墙还厚。一旦您把他叫来审问，他就会戒备起来准备好辩护了，因为他知道您会问他。因此，就算他看到女孩的姐姐，就算他被吓得心脏病都要发作了，他也不会让您看出来的。"

"所以，你觉得让阿德里亚娜突然出现起不了什么作用？"

"不，我认为有用。但是，我觉得让她在警局出现不太好。"

阿德里亚娜一直沉默着，终于，她开口说："我同意法齐奥说的。在警局不好。"

"那你觉得在哪里好？"

"那天，我突然意识到，等特赦批下来了，其他人会搬进那栋房子里并住下来。对于我来说，这不是一件好事。在那里，其他人……我觉得……会有说有笑……就在我妹妹丽娜被割喉的客厅里……"

她说这话的时候有点儿抽泣，蒙塔巴诺握住她的手安慰她。法齐奥看到了，但是他并没有觉得奇怪。

阿德里亚娜的情绪渐渐恢复了。"我决定跟父亲谈谈。"

"你想做什么？"

"我想建议他把我们现在的房子卖了，然后买下丽娜被杀的那栋房子。这样一来，这栋违建的房子就永远不会住进其他人，我妹妹的记忆也就能永远保留了。"

"你想通过什么办法来买下房子？"

"你刚才提到，斯皮特雷利有一份独占整修合同？明天早上，我要去那家房地产公司。告诉我那个人的名字……"

"卡雷拉。"

"我要告诉卡雷拉，尽管那栋房子还没有被特赦，但是我们想买下那栋房子。我们会把文书准备好，全额支付特赦费用。我

223

还会向他解释原因，然后让他知道我们肯定会出个好价钱。我会让他相信我是认真的。然后，我们会请他给我们楼上房间的钥匙并让他推荐装修工对楼下进行翻修。这样一来，他肯定会向我推荐斯皮特雷利并把他的电话给我。"

"等等，如果卡雷拉想和你一起去见斯皮特雷利呢？"

"如果我不告诉他我什么时候翻修，他就不会来。他不可能什么也不干，干等我两天。总之，我认为我们拥有一栋距离违建仅几米远的房子是很有利的。"

"然后呢？"

"然后，我会给斯皮特雷利打电话，叫他来皮佐。如果我正好在楼下，也就是在他杀死丽娜的客厅的话，那么，当他到达的时候，将是他第一次见我。"

"你不能单独和斯皮特雷利待在一起！"

"我不会的，你躲在那些窗户框后面就行了。"

"你怎么知道客厅里有窗户框？"法齐奥警戒地问道。他的警惕性一直很高，即使在安全的环境里也是如此。

"我告诉她的。"警长说道。

他们三个突然沉默了。

"如果我们采取了所有的预防措施，"过了一会儿，警长说道，"我们也许能成功。"

"长官，我可以说几句吗？"法齐奥问道。

"当然。"

"虽然我很尊重这位年轻的女士，可是，我不喜欢这个主意。"

"为什么？"阿德里亚娜问道。

"这实在是太危险了，女士。斯皮特雷利兜里经常装着刀，而且他什么事都做得出来。"

"但是，如果萨尔沃也在的话，对于我来说……"

法齐奥没有因为"萨尔沃"这一称呼而感到意外。"但我还是不喜欢这个主意。我们不应该把你置于这样的危险之中。"

他们又讨论了半个小时，最后，蒙塔巴诺拿定了主意。"我们就按阿德里亚娜的主意办。为了安全，你就在附近待命，法齐奥，或许要再叫上一个我们的人。"

"随你吧，长官。"法齐奥说道，他妥协了。

法齐奥站起身，和阿德里亚娜告别后朝门口走去，而警长则跟在他身后。但在走之前，他回头凝视着蒙塔巴诺。"长官，在做最后的决定之前，认真考虑一下吧。"

"过来坐下。"当蒙塔巴诺回来后，阿德里亚娜说。

"我有点儿累。"他说。

有些事情变了，女孩也知道这一点。

※

在潮湿的床单和孤单的床上，蒙塔巴诺度过了一个苦恼的夜晚，他感觉自己前一分钟像个彻头彻尾的傻瓜，而下一分钟又变成了像圣路易吉贡扎加或者圣诞老人阿方索那样的人。

※

阿德里亚娜给蒙塔巴诺打的第一通电话是在第二天下午五点，她直接打到了警局。

"我从卡雷拉那里拿到了钥匙，他非常激动能马上把房子卖出去。他肯定相当贪婪，因为当他听说我们会承担特赦的全部费用时，他简直要跪下来感谢我们了。"

"他和你提起过斯皮特雷利吗？"

"他甚至让我看了他和斯皮特雷利签的合同。一番讨价还价后，他把斯皮特雷利的手机号给了我。"

"你给他打电话了吗？"

"是的，我直接和他通话了。我们约定明晚七点在那栋房子里面谈。所以，我们要在哪里制定我们的计划？"

"我们可以明晚五点左右在那栋房子那儿见面，这样就有充足的时间好好计划一番。"

※

她的第二通来电打到了蒙塔巴诺马里内拉的家里，在晚上十点左右。

"护士刚刚来了，她一晚上都会在这里，我能去找你吗？"

这是什么意思？她想和他一起过夜吗？她在开玩笑吗？在沙漠里，圣安东尼面对恶魔的诱惑不为所动。但他可不是圣安东尼，不一定能经受得住另一个晚上的考验。"听着，阿德里亚娜，我⋯⋯"

"我非常焦虑，需要一些安慰。"

"我很能理解，我也很烦躁。"

"我只是想在晚上游个泳，拜托。"

"你为什么不睡觉？明天会是艰难的一天。"

她咯咯地笑了。"没问题，我会带着我的泳衣。"

"好吧。"他为什么没有反抗？疲惫了吗？因为**激动淹没了理智**？或者只是因为他自己真的很想见她？

※

女孩像海豚一样在水里嬉戏着，而蒙塔巴诺也享受着全新的、让人烦恼的快乐，他感觉女孩仿佛早就习惯了在他身边游泳一样，两人步调一致。

阿德里亚娜精力太旺盛了，她简直能一直游到马耳他。蒙塔巴诺却游不了太远，只能像一具尸体一样翻过身漂在水面上。她又游了回来，精准地靠在他身旁。

"你从哪里学的游泳？"

"我小时候上过很多游泳课。夏天来这儿的时候，我每天都泡在水里。在巴勒莫，我每周会去两次游泳馆。"

"你做很多运动吗？"

"我经常去健身馆，还玩射击。"

"真的吗？"

"是的，我曾经有……好吧，就算男朋友吧，他尤其热衷这个。他曾带我去过波里格诺射击场。"

一阵痛楚，但很轻微，不是出于嫉妒，而是出于羡慕，她的前……好吧，让我们称之为她的情人吧，他还年轻，而且可以单纯地享受她的陪伴。

"我们回去吗？"阿德里亚娜问道。

他们慢慢往回游，但他们都不想打破这种暧昧的氛围。在黑暗中，他们看不到这种暧昧，但这暧昧却通过两人的呼吸和偶尔的碰触变得更加明显。

在距离岸边约两至三米处，在齐腰深的海水中，阿德里亚娜牵着蒙塔巴诺的手，不小心踩到了一个金属油罐摔倒了，这肯定是哪个混蛋扔到水里的。蒙塔巴诺猛地抓住她的手，但他却失去了重心，也摔倒了，正好压在女孩身上。

他们像摔跤一样紧紧抓着对方，又重新浮出水面，两个人都上气不接下气，好像在水里泡了很长时间一样。阿德里亚娜又滑倒了，他们再一次沉到水下，紧紧地抱在一起。浮出水面后，他们抱得更紧了。

※

晚些时候，阿德里亚娜终于离开了。蒙塔巴诺又度过了一个难熬的夜晚，他辗转反侧，难以入睡。

因为天气太热，也因为愧疚，甚至可能是因为羞耻。他有些憎恶自己，还有些许的懊悔。

最重要的是，一个问题背叛了他，使他丧失警惕，他为此忧郁不已：如果你不是五十五岁，你会对这件事说不吗？不是拒绝阿德里亚娜，而是拒绝你自己？唯一的答案是：会，我理应拒绝。毕竟，我以前都是这么做的。

所以，你为什么要放弃自己本有的操守呢？

因为我不如之前强壮了，我心知肚明。

所以，很明显，你只是因为自己的年老才在阿德里亚娜的年轻美貌面前变得无比脆弱。

不幸的是，答案依然是"没错"。

※

"长官，出事了？"

"怎么了？"

"您看您的脸！您不舒服吗？"

"我昨晚没睡觉，叫法齐奥过来。"

法齐奥的气色也不好。"长官，昨晚我一夜没合眼。您知道我们在做什么吗？"

"我不知道，但这是唯一的选择。"

法齐奥甩了甩手。

"从现在开始就派个人过去守着那栋房子，我不想让什么人进到那栋非法建筑把东西弄得乱七八糟。我们五点左右到那里，如果有人在那里，让他在那之前离开。弄一根二十米长的电线，配个三头的插座，去维修店买三盏机械灯，就是灯泡外面带保护外壳的那种。"

"好的，长官，这些要用来做什么呢？"

"我们从前门旁边的出口处把电源连接上，然后把它们引到地下，像卡雷拉那样。我们把灯插在插座上，两个放在客厅。这样至少会亮一些。"

"但这些会不会让斯皮特雷利起疑心？"

"阿德里亚娜会告诉他，是卡雷拉建议她这样做的。你会和谁一起来？"

"加鲁佐。"

※

他已经无心做任何事。他没接电话，也没看文件。他的头一直靠在迷你风扇旁边。此时，他又想起了前一天晚上他和阿德里亚娜在一起时的场景，但很快又转移了自己的注意力。他想将精力集中在斯皮特雷利身上，但他做不到。最重要的是，外面的阳光能烤熟一只蜥蜴。就像要进入烟花表演的最后时刻了，最炫目的烟花升入空中，威力最大的烟花即将炸开；同样，八月的尾巴，骄阳似火，闷热灼人。

不知道过了多久，法齐奥回来了，告诉他所有事情都安排好了。"长官，外面简直要热死人了。"

他们再次确认了五点钟在那栋房子里碰头。

警长不想走出办公室去吃饭，他都不觉得饿。"坎塔雷拉，不要接任何电话，也不要让任何人进我办公室。"

像之前一样，他锁上门，脱下衣服，拿着风扇坐在椅子上。不一会儿，他便开始打盹儿。

他醒来的时候是四点钟。他走进浴室，脱下衣服，水和尿液的温度相似，很热。洗完澡后，他重新穿上衣服，驱车前往皮佐区。

※

阿德里亚娜和法齐奥的车停在房前。下车之前，他打开贮物箱，拿出手枪，将它装进裤子的后兜里。

他们都在客厅。阿德里亚娜笑着跟他握手。这次，她的手冰凉，而且很快就松开了。这是因为加鲁佐在才专门客套一下吗？

"法齐奥，设备带来了吗？"

"带来了，长官。"

"马上装上这些灯。"

法齐奥和加鲁佐离开了。他们刚走出门，阿德里亚娜就过来抱住蒙塔巴诺。"今天，我更爱你了。"她亲吻了他。

他试图拒绝，轻轻地将她推开。"阿德里亚娜，请理解，我需要保持清醒的头脑。"

她有些失望，朝露台走去。他冲进厨房，幸亏冰箱里有瓶冰水。为了避免节外生枝，他待在那里一直没动。几分钟之后，他听到加鲁佐叫他。"长官，您要过来看一下吗？"

他走到露台上。"跟我来。"他对阿德里亚娜说。

法齐奥将一盏灯放在小卫生间，另外两盏放在了客厅。这灯光勉强能让人看清楚人的大体轮廓，人的脸看起来像恐怖的面具：眼睛消失了，嘴巴像黑洞一般，墙上的影子很大，很吓人。就像恐怖电影里演的一样。这里让人窒息，无法呼吸，就像在水下潜艇里一样。

"好。"蒙塔巴诺说，"我们走。"

一走出去，他便说："我们都把车开走吧。这位年轻女士的车停在这里就可以了。阿德里亚娜，把你家房门的钥匙给我。"

他接过钥匙递给了法齐奥，然后把自己的车钥匙掏出来给了加鲁佐。"你开我的车，把车停在阿德里亚娜家房子的后面，这样从路上就看不到车了。然后，你们进屋去，各自在不同的两个窗户处盯着斯皮特雷利的车。一旦看见车，法齐奥立马给我打电话，铃响为号，然后马上跑过来。明白了吗？斯皮特雷利下楼的时候，你们应该已经在这里就位了。无论发生什么事，都要看好了，绝不能让他逃掉。明白了吗？"

"明白。"法齐奥说。

※

他们坐在沙发上，搂在一起，一句话也不说。不是因为无话可说，而是觉得这样更好。后来，警长看了看他的手表。"还有十分钟，我们该下楼了。"

阿德里亚娜拿起她的包抱在胸前，包里装着这栋房产的相关文件。

他们到达客厅以后，蒙塔巴诺马上藏到了那堆窗框后面。窗框离墙很近，因而没有给他留下太大空间，他很快就开始出汗。骂了两句之后，他将窗框往前推了推，让它们往前倾斜了一些。他调整了一下姿势，觉得舒服多了——他可以毫无障碍地移动了。"你能看见我吗？"他问阿德里亚娜。

没有回答。他探出头，发现这个女孩在客厅中央颤抖。他知道，最后时刻，阿德里亚娜有些紧张。他跑向阿德里亚娜，她抱住他，颤抖着。"我好害怕，好害怕。"

她看起来非常不安。蒙塔巴诺骂自己是笨蛋。他没想到，这会让这个女孩如此紧张。"放弃吧，咱们走。"

"不。"她说，"等一下。"

她努力控制着自己。

"给我……给你的枪。"

"为什么？"

"让我拿着，我会觉得更安全。我把它放在包里。"

蒙塔巴诺拿出手枪，但没有递给她。他有些犹豫。"阿德里亚娜，你必须知道……"

就在这时，他们听到了斯皮特雷利的声音："莫雷亚莱女士？你在吗？"

他肯定是从小浴室的窗户那边过来的，但为什么警长的手机没有响？他们没在那儿吗？阿德里亚娜迅速从他手里拿过枪放到了包里。

"斯皮特雷利先生，我在这儿。"她突然很镇定地说，听起来很开心。

蒙塔巴诺几乎都没时间藏起来了。他听到了斯皮特雷利的脚步声，他已经朝客厅走来了。然后，他又听到了阿德里亚娜的声音。这次，她的声音很清脆，就像她未成年时的声音。"米歇尔，来。"

她怎么知道斯皮特雷利的名字呢？她看过卡雷拉给她的文件吗？为什么显得这么熟悉？

之后便是一片沉寂。发生了什么？突然，一阵笑声，细碎的笑声，就好像玻璃碎片摔到地板上的声音。是阿德里亚娜的笑声吗？然后，蒙塔巴诺听到了斯皮特雷利的声音。"你……你不是……"

"还想和我在一起吗？啊？来吧，试试，米歇尔。看，你不是很喜欢我吗？"

蒙塔巴诺听到针织物撕裂的声音。天呐，阿德里亚娜在做什么？

斯皮特雷利大吼道："我也要杀了你！婊子！你比你妹妹还淫荡。"

蒙塔巴诺跳了出来。阿德里亚娜已经撕开了自己的衬衫，**露**出了双乳。斯皮特雷利手里拿着刀，朝她刺去。斯皮特雷利像机械木偶一样僵硬地迈着步。

"住手！"警长喊道。

但斯皮特雷利根本不听他的。他又向前走了一步，阿德里亚娜开枪了。一声枪响，直击心脏，就像她在波里格诺练习射击一样。当斯皮特雷利倒进箱子里时，蒙塔巴诺跑向阿德里亚娜，从她手里夺过枪。面对面，他们看着彼此。警长觉得脚底下的地板在塌陷，他终于明白了一切。

法齐奥和加鲁佐跑进来，手里拿着枪，愣住了。

"他试图对她做同样的事情。"蒙塔巴诺说。此时的阿德里亚娜正尽力用撕破的衬衫盖住胸部。"我不得不毙了他。看，他手里还拿着刀呢。"

他将枪扔在地板上，离开了房间。一走出那座非法建筑，他就开始奔跑，像正被人追着一样。他沿着石阶两步并作一步地跑到了沙滩上。不顾旁边夫妇的惊讶眼光，他脱掉所有衣服，跳进了海里。

※

他游着泳，悲伤不已。他生气、羞愧、懊恼、失望，他的自尊心受到了严重的伤害。

他刚刚才意识到，阿德里亚娜是想利用他。她要亲手杀了割断妹妹喉咙的人。

"我爱你"是假的，激情是假的，害怕也是假的，她只是在一步步地引诱他做她想让他做的事。他只是她手里的玩偶。

都是戏，都是假象。

而他，被美貌迷惑，被迷人的年轻迷惑。他是个五十五岁的中年人了，却像个孩子一样。

他游着泳，悲伤不已。